科幻文学馆
Science Fiction Museum

高原上的奥德赛

沈屠苏·著

科幻立方
文库本

天津出版传媒集团
百花文艺出版社

图书在版编目（CIP）数据

高原上的奥德赛 / 沈屠苏著. -- 天津 : 百花文艺出版社, 2021.10
ISBN 978-7-5306-8140-4

Ⅰ. ①高… Ⅱ. ①沈… Ⅲ. ①长篇小说-中国-当代 Ⅳ. ①I247.5

中国版本图书馆 CIP 数据核字(2021)第 186316 号

高原上的奥德赛

GAOYUAN SAHNG DE AODESAI

沈屠苏 著

出 版 人：薛印胜
选题策划：成 全　　责任编辑：成 全
装帧设计：丁莘苡　　营销专员：王立宸
出版发行：百花文艺出版社
地址：天津市和平区西康路 35 号　邮编：300051
电话传真：+86-22-23332651（发行部）
+86-22-23332656（总编室）
+86-22-23332478（邮购部）
网址：http://www.baihuawenyi.com
印刷：天津光之彩印刷有限公司
开本：710×1000 毫米　1/32
字数：58 千字
印张：7.75
版次：2021 年 10 月第 1 版
印次：2021 年 10 月第 1 次印刷
定价：32.00元

如有印装质量问题，请与天津光之彩印刷有限公司联系调换
地址：天津市宝坻区潮阳工业园管委会路东 1 号
电话：(022)29644996
邮编：381015

作者简介

沈屠苏

类型小说作者。先后发表作品几十万字，作品散见于《锦瑟》《超好看》《最推理》等。获首届“新蕾杯”青春文学大赛小说、散文双料精英奖，首届世界华语悬疑大赛长篇铜奖等。《梦棺》发表于《科幻立方》2018年第5期，入围第十八届百花文学奖·科幻文学奖。

目录

01

坐标,北京。

雷米往车顶架上搬行李的时候,惺惺作态地对我说:“跟我去天空之镜吧,老弟!那里可以擦拭在雾霾中蒙尘的五官,卸下对胡同大妈嚼舌根儿的戒备,可以拥抱雪域高原的蓝天白云,和风马、寺庙倾诉你对光辉岁月的感恩,和路过你身边的每个人交谈,告诉他们,谢谢,谢谢各位。”

“对,像这样,”我少年老成地瞅着他,手背朝下,手心向上,掬成要饭的样子,“谢谢,谢谢各位,行行好,给点钱吧。”

雷米听出我舌尖上的挖苦之意，生气了,但后果一点也不严重。他知道我是万年破梗王,我知道他打的什么如意算盘——我偷看了他的手机,微信提醒有一封邮件,是暗物质研究所的喻教授发给他的,主题是关乎太阳谷的峰会。

太阳谷峰会首次移址到须弥山的天空之镜举行,很多国家的商业大佬和科技界的宠儿都将与会。这对于推广个人发明是个绝佳机会,雷米自然不肯错过，况且他收到了来自峰会的邀请函,欣喜若狂就不说了,拒绝更是没道理。但雷米的爸爸也就是我的伯父希望他找点正经事做,做个按部就班的上班族,而不是吊儿郎当地搞个人发明,“想做当代爱迪生？”伯父说,“就你,呵呵哒。”雷米没因伯父的嘲笑和拆台灰心丧气。为了筹措去天空之镜的经费，他决定用我做挡箭牌，走迂回路线——说我要参加什么超级冬令营，他去陪护。这理由居然通过了我爸的审查，并通过我的爸爸说服了他的爸爸。

理想插上了钱的翅膀，就能一飞冲天。当然，我个人对于旅行或周游世界什么的决不排斥。

02

旅行就是挑一个黄道吉日，不看携程，不买地图，不报旅行团，最好是自驾游，无所谓下一站是哪里。

阳光下的雪山很漂亮，看上去就像在公路边，触手可及。这要归功于一级阶梯和二级阶梯之间设置的气幕，据说气幕能够阻止中部地区排放的污染云团向高海拔地区流动，但具体效果如何，不明。如果看高清的卫星俯瞰图，可以看到螺旋扭曲的白色气流形成的巨大屏障，来回滚动，像一座移动长城，蔚为壮观。

气幕上衔九天，下接地表。上三千五百米海拔的时候，我们的方向感都因此失灵了，好在只是在气幕的边缘游弋和试探。即便如此，我也没有心情兜风了。我全神贯注地盯着侧视镜，确信没有车尾随，如沸的心潮安定少许，转过头来望向正驾驶的位置。

司机毫无悬念的是我的堂哥雷米。他完全可以选择自动驾驶的车，但复古情怀居然让他租了很多年前生产的一款吉普。他说他要体验原始的驾驶乐趣，特别是天空之镜这种被工业和科技侵蚀最少的地方。我无所谓啊，反正不是我开，可有一点我无法释怀。我觉得我们出了首都就被跟踪了，雷米却不以为然，他说我是迫害妄想症。

我们大吵了一架，谁也没说服谁。最后还是雷米强势，谁叫方向盘掌握在他手里。平时他在我跟前把他的车技吹嘘得倍儿棒，实际开起来还不如自动驾驶平稳舒适。他唯一的优点即他的缺点，就是勤于踩油门，时速表的指针像测量电流的安倍计，倏地往右转去。所以一望无际的公路上，一辆吉普飙得虎虎生威。我警告他开慢点，但是高速的磁悬浮快感让我也有些飘飘然。警告便没了分量，用于观察路况的精神也趋于松懈。车载音响里爱恨交加的靡靡之音直贯双耳，像唐僧在念紧箍咒。

这种状态下，交通事故往往不请自来。

前方出现了弯道，雷米降速转弯。然而，车轮才拐过弯道，对面立刻驶来一辆黑色越野车，一眨眼便近在咫尺。

我急忙抓住副驾驶上方的拉手："快踩刹车！"

眼见轮胎轨迹就要相交，我情急之下出手干预。

“慌什么！”雷米眼神一凛，将我喝退，然后双脚齐踩，猛打方向盘。轮胎带动车身滑出惊悚的弧线，甩起了漂移。

别碰到，别碰到……我两只手都吊在了拉手上，恨不得汽车长了翅膀，直接从越野车的车顶飞过去，但碰撞不可避免地发生了。

车厢剧震，火花从雷米那边的车窗扶摇而上。两辆车一触即分，强烈的反弹直接把我们的车推到了公路边上。车身的三分之一已经悬空，我透过窗子往下看了一眼，公路边是倾斜度小于百分之八的陡坡，栽下去多半活不成。

所幸，车身趋于稳定。雷米扶着方向盘，劫后余生般吁出一口气，紧张得以至于一直按着喇叭都没发觉。

我真想拎着耳朵对他吼一嗓子，不过我自己也吓得够呛。车门变形，但还能打开，只是侧视镜不知去向。那辆黑色越野车的境况比我们更糟，撞上了一个小石堆，膨胀的安全气囊把车窗玻璃遮得严严实实的。

雷米骂骂咧咧地下车。

我胆小，第一次出这事，心情紧张在所难免。人一紧张，就容易抛弃责任。一般情况下，我是个坚持原则的人，但要是哪天触碰了我的底线，我愿意再往下降降。我叫住他，提议溜之大吉，但雷米摆手示意我不要说话。他蹑手蹑脚地探身过去，越野车的前盖已经折弯得像尖尖的屋脊，似乎有动态的东西从里面扩散。他拍着裂纹遍布的车窗向里面喊话："喂，你们还好吗？"

无人应答。

雷米伸手刚要拉车门，嘭地一下，门被一脚踹开，出来一个狼狈至极的女人。飘飘的黑色皮风衣，系在脖子上的黄丝巾，紧身铅笔裤，短靴。

这些身外之物都完好无损，但她这人就不好说了。束在脑后的辫子散了，刘海儿也不顾形象，乖张得很，锥子脸形云密布，原本又俏又挺的鼻子呈现塌陷的趋势，两行鼻血正潺潺得往下淌，漫流到两片红唇上，越发鲜艳。

她指着雷米的手颤抖不止，似乎还没从险情中还过神来。

“你……你们怎么开的车！”

如果没有这次撞车，她应该可以说是姣容似花。我剜了雷米一眼，但还是忍不住和他一起乐了，她那值得玩味的表情摧毁了我们的愧疚。

“你们……你们还笑！”她用手背揉着眼睛，声嘶力竭的愤怒到达顶点之后开始下行，委屈迎头赶上。

这景象我好多年没看过了，记得上幼儿园时有人这么当着我的面哭过，原因记不太清了，好像是我抢了她的棒棒糖。雷米到底年长我几岁，处事比较有经验:“嗨,你也是成年人了,别哭行吗？我们可以走保险理赔，你用不着担心我跑掉。”

“你确定你赔？”女人立刻停止抽泣,我心想她也太现实点了。

雷米耸耸肩:“我赔。”

话音刚落,她转身跑到越野车的后面,掀开尾门，拖下一只跟她风衣一样颜色的手提箱,放到地上。

我看到不明的白色气体争先恐后往外逸散，拽着雷米胳膊说:“雷米,这车要爆炸了。”

“别蠢了,那是光合细菌制造的氢氧混合物，没有火源是不会爆炸的。”雷米两眼发直地盯着女人的一举一动。

她小心翼翼地打开手提箱,神色凝重,确认

里面的东西完好无损后又合上。起身抬头的刹那正巧与雷米的目光相撞,就像猎物对狩猎者的警惕,幸而隔着一段安全的距离,没有惊慌失措夺路而逃。

雷米把手插进橄榄绿军装夹克口袋,迎风而立。他要是额头上扎根红带,敢情就是第二个兰博啊。我曾经向他索要过那件夹克,可是他死活不给,说什么是太平洋彼岸一位朋友邮寄过来的美军专用限量版,标着大写的英文字母“REMY”,有很重要的纪念意义。对他的说法,我嗤之以鼻。

我们拍了现场照片,打了保险公司的电话,等着对方到现场定损。但左等右等,保险公司的人迟迟不来,雷米很焦急,女人也是。

“你去哪儿,我有急事,要不我捎你一程,”他怕女人误会他要跑,加了一句,“不放心?我把驾照押你这。”

雷米展示了他的驾照，文在手臂上的条形码,只要扫描一下就能读取信息,如果本人同意,对方可以锁定。

女人犹豫了一下,气嘟嘟地走向吉普。毕竟没有了车，在这条公路上是很难到达目的地的。临到雷米身边，她不忘把拎手提箱的手换成左手,充满了戒心。这无疑是在勾引我的好奇心,笨女人。

上了车,我和女人并排坐到后面,给了她一听健怡可乐,帮她压惊。她一句谢谢也没说,打开就往喉咙深处灌去,我都能听到她因喝得急切而发出的咕咚声,即使如此,她抱箱子的手臂也箍得很紧。

吉普缓缓驶离,我眺了一眼后窗,越野车和那团白汽一道渐渐缩小，很快被抛在了后面,但并没有出现我预想的情景——爆炸。

03

公路平坦得像飞机跑道,雷米不敢开得像刚才那么快,速度一直保持在80千米/小时左右。车载音响这时换了一首曲子,碧昂斯的 *If I were a boy*。

“If I were a boy,I think I could understand, How it feels to love a girl...”

(如果我是个男孩,我想我能够明白,爱一个女孩是什么样的滋味……)

歌声壅塞耳郭,似乎意有所指。女人白了雷米一眼, 我确定雷米通过后视镜一定看到了,但他一点也不生气，一边吹着口哨，一边把握汽车行进的方向。他又看了看后视镜，大概是在观察那女人。女人觉察到了，却不领情，头和眼都转向车窗外。

外面是碧玉湖。

也不知是不是在北京待多了的缘故，一眼看去，秋色如安徒生童话般铺开，碧玉湖优雅流畅地摊平在目力所及的范围。这世上，难得有湖像童话里一样宁静。雷米调低了音量，问她："你去哪里？"

女人的声音很冷淡："天空之镜。"

"你也去天空之镜？"

我差点从座椅上跳起来，车座一阵摇晃，仿佛地震的余波在荡漾。屁股下的坐垫像被刀划过，翻出黄色的发泡塑料，这是辆陈旧的车，除了人，所有的东西都上了年纪：车顶灯已经坏了，车身的漆也开始失去光泽，米色储物盒的纹理中渗入了日积月累的垢，盖子却不翼而飞，里面塞着一副沾染油渍发黑的棉纱手套，令人反胃。

就这车的租金，已花了我们旅行经费的一半。

“可你的方向怎么跟我们相反？”

“相反吗？对不起，我是路痴，”女人搔了搔头，表示一秒钟的惭愧，须臾就将惭愧收起，“你们……是去那儿看风景？”

前面的雷米嗤了一声：“你能带着手提箱看风景，我们为什么不能？”女人面露不豫，显然雷米的反呛让她恼火。她已经够恼火的了——车子被雷米撞成半个残废，自己也受了点轻微伤，要是男人早跟雷米干上架了。雷米也欠扁，这时候还惹毛人家，我可没他那么不厚道。

“不是去看风景，据说天空之镜建了一座太

空针塔，我们……”

“文科！”雷米厉声打断了我。

我不知道有什么可保密的，但我从未见过雷米这般严肃，所以也就乖乖噤声了。

女人冰堆雪涌地平视我，慢慢移转到雷米的后脑勺。气色朗然大晴。她掀了掀乌青的鼻子，形似肥肠的红唇像洒了芥末：“没想到老毛孩子戒心还挺深。”

雷米对女人讥诮他“老毛孩子”极为不悦，故意按了一下喇叭以示不满。

“大妈，戒心深的是你才对，到现在，我们还不知道你的名字呢。”

女人对雷米反讽她“大妈”一脸愠色，短靴的跟部把皮质脚垫碾出一个麻坑。我看车内火药味渐浓，赶紧息事宁人。

“我叫雷文科，他是我的堂哥，雷米。大……”

我想说"大妈"来着,临到嘴边改了口,"大姐姐,你叫什么?"

女人绷紧的脸色有了稍稍的缓和,但趾高气扬的神韵不减:"喻露。"我不像雷米那样介意,继续问:"你是来参加在太空针塔举办的太阳谷峰会的吗?"

喻露思考了一会儿,大抵在思忖该不该有所保留,但我的亲和力感染了她。她绽出放松舒坦的神情:"是。"并快速反问一句:"你们也是?"

这回雷米没制止我说实话。

"是啊,我们从北京出发,自驾游的,赶了好几天呢。"

"那一定路过不少地方,很好玩吧。"

"才不呢,"我嘟囔着,像一个贪玩的孩子因为未达到旅行的初衷而心生牢骚,"倒霉死了,一路上被人撞车,保险杠都撞掉了……"

我自顾自地说着，全然没留意喻露受了伤的脸已经变了颜色。

“你们也被那些人盯上了？”

我注意到她话里的“也”，瞬间牙缝吸气，提高了惊讶级别。雷米也回过头，凝重地看着喻露，不太相信有这样的巧合。

我和喻露急得指着他的鼻子大喊：“开你的车，看着前面！”

分心的雷米被我们齐声吼了回去，但因为这一喊，雷米以为前面遇险，条件反射地踩了一下刹车。这让没系安全带的我们向前一个趔趄，额头几乎磕到了前排的椅背。他哈哈大笑，我和喻露又是异口同声地口诛笔伐：“你浑蛋！”言毕，不知怎的，我们俩相视一笑，似乎心有灵犀。从小到大，我一直在学校念书，虽然念得一般，但几乎消耗掉了我全部的精力。我又是个仙人掌，爱和亲近的人闹矛盾，但对不熟悉的人表现出友好。

“你认识那些人？”雷米不安分地问喻露。

喻露对着后视镜摇头：“不认识，但我肯定我手上有他们要的东西。”

我心里咯噔一下，张口就要问是什么东西，雷米显然更高明，瓦解着她的戒心：“看来我也有他们想要的东西。你觉得，会是什么东西这么有吸引力？”

喻露的手在手提箱上摩挲，箱子外表的质感像海豚皮，但比车顶架上的行李箱强多了。雷米号称那是鳄鱼皮的，其实是纳米纤维人造革。

“我知道你们一直盯着这箱子，想知道里面有什么？”她拍拍手提箱，好像要把我们在一刹那骇住，又有点佯装镇定，“笛卡儿能量芯。”

什么笛卡儿能量芯，我完全无感，讷讷的，没有反应。雷米夸张地迸出一声惊啸，车子猛地停下，这下我们结结实实地撞上了椅背。我勃然大怒："雷米，你搞什么？"喻露更惨，本来就挂了彩的锥子脸经此折腾，肿起了一个双下巴，想骂人还不能太用力。

雷米松开安全带，迫不及待地扭过身，手扒着靠枕，把脑袋嵌在座椅之间。

"笛卡儿能量芯，好嘞，我们可是天造地设的一对。"他这话没对我说，却对着喻露大发感慨，之后也没有一点道歉的意思。我要是喻露，不恶心他一句起码也要摆个臭脸。但喻露却惊出了砖红色的酡颜，像一簇剪去针刺的蔷薇。

"真的？"

雷米说："这还能假，你是喻教授的什么人？"

"我是他女儿。"

"嗐，"雷米用右拳捶了一下左掌，"我说呢，喻教授发给我一封电邮，说会安排人准时送到，原来是你！”

喻露定定地看着雷米，红色潮水般褪去，射穿玻璃的晴光在她的左脸留下一块光斑。

“你的可是暗物质伽马刀？”

雷米自豪地回应她：“是的，也可以说成是一种用于干扰基因希格斯场剩余自由度的伽马射线。”

他说了一连串的名词，喻露费解的皱眉，我也傻憨憨地陪着她茫然，更可气的是雷米出发前没告诉我他有这宝贝，明显不信任我嘛。我忍不住腹诽雷米故作高深，为了炫耀他的理科学得好，编了一个吓唬门外汉的东西出来。

见我们发蒙，雷米的虚荣心得到了极大的满足：“怎么样，厉害吧？”

虽说他是我的堂哥，但我最看不惯他扬扬得意的嘴脸：“当然厉害，牛吹得真厉害。”雷米脸一黑,炫耀的得意表情霎时间被我这张拖把似的嘴给扫得一干二净。他作势欲打:“你个臭小子,就知道没好话。”我灵活地躲开,嬉笑说:“心虚了,有人心虚了……”

喻露没有附和我，倒是一副虚心请教的姿态:“能解释一下吗？”

雷米停止了与我的嬉闹，扬了扬下巴:“文科,瞧瞧,人家这才是好学生。”他摆足了谱,以娓娓道来的口吻解析着他的发明。

“伽马刀是将伽马射线用作立体定向放射治疗的仪器,这一点无须我做过多解释吧。伽马射线本身具有极强的穿透力,人体在受到伽马射线照射的时候,被照射的细胞发生电离作用,由此产生的离子能侵蚀细胞里的有机分子，像蛋白质、核酸DNA和酶什么的,严重的可以使细胞死亡。而使用暗物质作为该仪器的启动能源呢,我发现,能够强化伽马射线的定点打击能力。”

“懂了,”我阴笑着插科打诨,“你是在制造大规模杀伤性武器。”

无人发笑，雷米还对我报之以不屑的表情。我自觉无趣。

喻露问:“那么你说的干扰基因的希格斯场是怎么回事？”

“这就要从基因说起了，我们每个人的生老病死都与基因有关,它就像电脑的程序代码、CPU的电子元件和硬盘的磁道,不仅能存储、复制信息,还能通过转录和翻译信使核糖核酸将信息表达出来。不过,我看中的是基因的突变性质,也就是染色体变异。”

“你是想借助伽马射线对基因染色体进行定点辐射,诱发可控畸变或基因重组,是这样吗？”

“Bingo(英语里的感叹词),”雷米像伯牙遇到子期，赞许地点点头，“但是要想达到‘可控’的境界，却不是一件简单的事。”

“哦，”喻露弯弯的眉毛翘起，“你是怎么做到的？”

“详细解释的话，恐怕我要写一篇七八万字论文才能说明白。”雷米装深沉的演技可谓一流，连我都看不下去，“宇宙万物都是由原子组成的，人体的基因无疑是原子的构成体之一，而原子又可以细分为原子核和电子，原子核由一定数量的中子和质子构成，质子、中子则是由更小的夸克微粒……”

“这些我都明白。”喻露的耐心显然到了尽头。

我唯恐天下不乱，给雷米添堵：“我也明白。”

雷米浮出笑意，像课本页底加注的小字，留有后手：“可是仅仅只有夸克吗？要知道作为基本粒子定义的还有轻子和上帝粒子……”

我愕然道：“上帝粒子？”

“就是 God Particle，希格斯玻色子，与希格斯场相互作用形成一种看不见的力。”喻露替他解答，“不过，上帝粒子可不止希格斯玻色子一种，还有几种至今尚未发现。”

“看来喻教授没少和你交流心得。”雷米吹了一声口哨，似乎不再把喻露以等闲视之，“不管有没有其他上帝粒子，很显然，如果粒子没有质量，它们便可以在宇宙中以光速前进。而希格斯玻色子作为一种亚原子粒子，赋予其他粒子以质量，那么自然可以通过操纵希格斯场的剩余自由度，改变玻色子的运动，进而改变物质的质量，小到能够产生反重力机制，大到可以跃迁空间。”

我继续发挥损人没商量的本领：“你这是要让人悬浮在空中，还是让基因做时空旅行？”雷米像漫画里人物满头黑线，就差抓过我的胳膊以一个标准过肩摔把我从车里扔出去："你懂什么！刚才说的只是可控的先决条件，要想给基因做手术，必须使用我独家发明的搭载基因诊断芯片的工具，以此来捕捉想要改变的染色体位置。"

这就像在念一段广告词，我噗地笑了，喻露却矜持地在思考："那么你的暗物质伽马刀针对哪一种基因呢，不见得能覆盖全部吧。"

"就目前来说，"雷米眼神中透着对自己的苛责，"处于可控范畴的只有第 11 号染色体上的 D4DR 遗传基因。"

"那是什么？"我问。

"D4DR 是一种影响性格的基因，它执行遗传指令，在大脑的神经元表面构成许多受体，接受一种神经传导的物质，叫作多巴胺。"

"我知道多巴胺。"我记得生物课本上讲过男女谈情说爱时脑内就会分泌这种物质，让人开心兴奋。

“多巴胺能够持续地激起人们敢于冒险，享受刺激的欲望。打个比方，比起胆小鬼，勇敢的人D4DR结构更长。”

沉默降临在我们之间，我和喻露似乎都被雷米的说法唬得一愣一愣的。

“你是说，你可以改变一个人的性格。”

04

风声萧瑟，转湖妇人的背影倒映湖面，浸润出一股虔诚，融进天地云水之间，大美无言。

三个人陆续下了车。因为我吵着雷米要他把那个叫暗物质伽马刀的宝贝疙瘩拿出来观摩观摩。喻露也表达了同样的渴望。雷米的性格又不是那么沉静安稳、宠辱不惊，经不住我们撺掇，便撕开禁锢个人表现欲的封条，爬上了车顶。

车顶架上捆着大号的水陆两栖行李箱，装着露营帐篷、换洗衣物、牙具袋、野餐用具以及瑞士军刀、多功能手电筒、安全绳等等。但我万万没想到,行李箱里还有一个防震硬塑黑匣。

雷米取出黑匣,启封,里面躺着一件类似宇航员头盔的东西,颈后的部位拖着长长的蛇腹管,与基座连在一起。雷米把手搭在基座两侧,轻轻地捧出盒子。从他手上暴起的青筋,我推断出这玩意儿有点分量。也正是他这一捧,修正了我的看法,蛇腹管连着的不是什么基座,而是与人体线条匹配的"铁甲衣",由肩部展开,蔓延至胸膈结束(像X形的武装带,交叉处留有矩形凹槽),背面隆起,像袖珍的整流罩(展开后如蚌壳,两侧有固定卡口)。我想象它披覆在身上的模样,大抵似一个驼背的橄榄球员。

喻露问了一个很关键的问题:"你做过临床试验没有?"她和她的手提箱就像连体婴,不可分割。

雷米诡笑点头。

我从正面直视他的脸庞，检测他有没有说谎，尽管我固执地认为他话里的水分挤出来能灌满一听健怡可乐，但还是绝圣弃智地信了："噢，怪不得呢，以前你骑摩托车都不敢，现在开车跟飞一样，是不是你把自己当小白鼠了？"

雷米摸了一下我的头，嘿嘿一笑说："我已经是个勇士了，不像你，胆小鬼。"

"你才胆小鬼呢。"我撣掉他的手，嘟囔着表示心中不满，看他的角度也由正视变成了斜视。只是喻露转移了雷米的注意力，让他对我的不满熟视无睹。喻露指着矩形凹槽说："这里似乎缺了一块。"

"凹槽里埋了电极，"雷米一伸手，轻轻叩了叩喻露的手提箱，仿佛春水东流唯他向溺水者施手拯救，"所以我说，咱们是天造地设的一对。"

“乖乖！”我恍然大悟，原来笛卡儿能量芯是启动这件发明的能源，还以为雷米不正经对喻露暧昧呢。由此不难推断出这个能量芯绝不是锂、铅蓄、镍镉或氢燃料的电池，而是蓄积暗物质所释放能量的新型产品。

笛卡儿能量芯可让暗物质伽马刀实现能量输送的便携化。

“正常人都是有时候勇敢，有时候怯懦，不一而足，无法一概而论，”喻露的目光终于有了一丝挑剔，“你确定这两个东西结合在一起能让一个人摒弃怯懦，成为果敢之士？”

“性格影响人的心理，尤其在面对危险或者突发事件时，深层的心理处于递变之中，勇气如同微积分的导数降幂，不断地散佚，并非缜密而不可变更的程序。而我发明的暗物质伽马刀就是要根除这种悬而未决的状况，让基因的不确定性变得毫厘不差的精确，”雷米耍帅似的拂了一下被风吹到额前的头发，“当然了，作用对象是有一定局限的，条件是没有精神病史，智商不低于九十。”

“别光说不练，”我又开始了擅长的怂恿和使坏，“拿我试试，看看像不像你说的，能改变那个D4DR的结构。”其实我已经有些信了，我只是想不用哀求的口气去换得超人、蝙蝠侠那般非凡的勇气。

雷米的双眼如被我点燃了：“你确定？你不怕？”我知道他的脾性，吓唬人的本事一流，我才不上当，再加上喻露这个外人在，有点人来疯：“就怕你下不了手……”

我才说了一半，雷米的脸立刻像漏了气的大黄鸭垮了下来，他慌慌张张地把设备放回方匣，以玩手柄时抢我小浣熊干脆面的速度收拾好，扔进汽车后座:“快,上车!”

“咋啦?”我奇怪他的胆儿怎么忽然又变小了,倒是喻露大方地拽了拽我的胳膊,催促我上车。

凛冽的风以卷走大地的剽悍从身边掠过,入耳的尖锐呼号声类似鬼号。虽然隔得很远,但马达的轰鸣还是模糊地陨进风中。寻着喻露的手,公路的尽头,一星白点闯入了视野,速度很快,快到只一愣神的工夫,我就看到了地平线升起乌尼莫克的轮廓。

好像穿筋破骨,手脚一阵冰凉。我们必须赶在夕阳沉溺之前逃离,像变色龙的拟化,是胆小鬼的伪装,也是武装。

05

公路上,一场车与车的追逐大战就此上演。

我和喻露转身跪在后座椅上,心惊肉跳地瞅着乌尼莫克一点点地逼近。这种紧张须臾化作急吼吼的声音,传递给雷米:“快些,再快些,要追上了。”雷米不耐烦地回敬:“少啰唆,我看得见,都看得见!我的眼力好着呢。”

车内的人在一片埋怨与寄望中来回扯皮,我想,这是一种转移恐惧的方式。雷米让吉普车呈“S”形前进,这在坡度极陡的高原公路上势比登天，稍微一点失误就能冲出公路，车毁人亡。但雷米做到了，一旦乌尼莫克跟上来，他就加速将之甩开，两车的距离始终相隔在百米左右。

不远不近，却又像附骨之疽，不让你绝望至死，却让你惶惶不可终日，这种滋味很难受。暮色像暗潮一般掩杀而来，路边的电线杆牵着火线与零线，像五线谱错落有致。往常这个时候该考虑今晚投宿的落脚地，但后有追兵的残酷状况让前方的道路显得漫长迢遥，不知终点在哪里。

公路配合着心情上下起伏，吉普车像过山车艰难地爬上去，又快速地向下俯冲，我拽着安全带，像波涛汹涌的海面上漂浮的一块舢板。

我们多么期盼此时有救星出现，哪怕一家能源站、汽车旅馆或者迎面来辆货车也行，然而屋漏偏逢连夜雨，雷米惊呼："糟糕，没油了。"我凑过去一看仪表，哇，燃料表上的指针靠近 E。

"让你租新能源车不听……这回被情怀坑苦了。"

化石燃料已贱到矿泉水一样的价格了，而且污染高，国内绝大多数能源站都不愿经营。

喻露问："还能坚持多久？"

"最多五分钟。"雷米语含怨恚，但是没有办法。行驶不到一公里，公路以接近直角的折向呈现。雷米先是降速急刹，再狂打方向。随着轮胎摩擦出尖锐的制动声，他再猛踩油门，借助山体的掩护，尾灯隐入深沉的黑。

远光灯撕裂窒息的黑暗，照亮前行的路。我们一边捕捉路边有没有什么掩体，一边希望那辆瓦罐车在刚才 90 度弯道刹车不及，一头栽下公路。但这两个愿望都落空了，弯道只是延缓了瓦罐车的速度，而路边除了黑不溜秋的岩石和漫漫山体，看不到能让我们任何投机取巧的地方。

“他们是什么人，这么想要你们手上的东西？”

我盯着喻露,又看了看雷米。雷米顾着开车没回答我,他只是瞧了瞧放在副驾驶位置上的硬塑方匣,而喻露抱箱子的手更紧:“不知道。我现在担心我爸,不知道追我们的人会不会去找他？”

“他们还没那个胆量,”雷米看了一眼后视镜,“喻教授是国内研究暗物质方面数一数二的专家,名声在外,借他们豹子胆,也不敢胡来。”

“那他们怎么知道你们手上有他们要的东西？”说得有点拗口,但我还是问了。

雷米总算转了一下脸,意味深长:“我怀疑峰会有内鬼。”喻露大呼有理:“我也觉得,要不然我们不可能同时被他们盯上。知道笛卡儿能量芯与暗物质伽马刀结合起来才能发挥作用的,除了我们仨,只有我爸爸和太阳谷峰会组织方。”

“好吧，我想问，除了逃，有什么办法可以跟他们抗衡？”我觉得分析是谁在追我们远没有想办法摆脱他们来得实在。

静默。

很显然，凭我们三个人的智慧，以及人生地不熟的现状，想不出比走一步看一步更好的办法。几分钟过后，雷米像发现新大陆似的兴奋：“哎，你们快看，那儿有个坡道。”我和喻露顺其所指，分不清是岩石还是树木，隔着一连串的黑影，确实有一条光秃秃的小路背倚雪山蜿蜒在那里。

雷米急停，熄掉大灯，抱起他的宝贝，也不问我乐不乐意，强行塞给我。

“拿着。”然后他爬上车顶，估计要取下行李箱手提包帐篷什么的。但乌尼莫克来得实在是快，我和喻露刚下车，强有力的光柱就射得我们睁不开眼。

“雷米！”我提醒他时间无多,尽量拣重要的东西拿。而喻露,已经迈开了亡命的步伐。

06

薄暮之中，雪山的卡若拉冰川倒是醒目，尽管上了坡道，却感觉蓝蒙蒙的山郭隔了老远。寒冷与供氧不足阻碍我们攀登，步伐无一不露了怯。雷米披着防寒服走在最前面，他举着手电筒，左右摇晃，像羊群里的头羊试图攻破壁垒。他让我和喻露把安全绳系在腰间，三人拴在一起。地上很滑，也只有这样才保险，免得摔下山。我盯着雷米的橄榄绿夹克艰难地挪动脚步，他的宝贝疙瘩抱在手上实在太沉，还好有喻露帮我，但她要兼顾手提箱，所以只能分担一半。这对我的体力是一种考验。雪山究竟有多高呢，我无可奈何地想，继续沿着雷米开凿的“路”攀爬向上，怎么下山是个问题。我曾徒步爬过 20 楼高的小高层，但显然，这一次完全超过了那个高度。爬了一会儿，我扭头向下望去，乌尼莫克停在吉普车旁边，车上下来几个人似乎在搜查什么，接着我看到了不规则的光源，不是来自雷米，而是来自山下那些人。

“傻看什么！”雷米的呵斥声传来。我回过头，攥紧安全绳，深深吸气，鼓足劲继续爬。鞋底趾滑，稍有一点疏忽，就会摔得半死。恐惧像巨大的推力，促使我不断向前。运动鞋交替落地，自觉比喻露幸运些，她可是带跟的短靴，喘息声不绝于耳。

“我要……氧气包。”喻露已经上气不接下气了，雷米从背囊里取出氧气包，嘱咐她省着点用。我也想吸一口，最大限度地舒展肺部，但顾忌雷米可能损我不像男子汉，而苦哈哈地强忍着。

随着时间一点点地消耗，我觉得盒子越来越沉，臂肘发酸发硬，有那么一刻真想放弃算了。这时候，天空的颜色有点发白，雪花恰似云片糕一片片飘落，与黑暗一起重叠压在身上，令我们苦不堪言。喻露说能休息一会儿吗，雷米直接否决了她："只要慢上一拍，我们就会被他们抓住。"

这一切就像心情不快时做的一场噩梦，希望快点醒来。大概没人会享受被尾随不舍的处境，事态发展超出了预期，疲劳和寒冷令我们无助。

"咱们轮流讲个故事，打发打发时间吧。"这个点子在我头脑中萦绕多时，我想起了北京家中布置温馨的房间，想起了可调节温度的墙壁和热牛奶，有时候还可以缠着老爸，让他讲一些书上看来的奇闻趣事纾解做作业的累。

雷米说他先来。我们腾不出手来鼓掌欢迎，只能竖起耳朵倾听。

“从前有座山，山里有座庙，庙里有个老和尚……”

“槽点太旧了。”我忍不住批评。

“听我说完再评论，我可是从一本书上看来的，”雷米用手抓住一株植物，借助它结实的根系攀上了一处石坳，“好像是过春节，老和尚让弟子在禅房挂个红灯笼喜庆喜庆。弟子照办。师徒俩隔着窗棂纸看灯笼，师父问弟子世间最恐怖的事是什么。弟子想了一会儿说，最恐怖的……嗯，应该是一只女鬼爬进来吸走我的魂魄。师父皱眉说，你想哪儿去了，和尚庙女鬼怎么敢进来呢，为师觉得最恐怖的当是外面这个红灯笼灭了，片刻又亮起来，您说山里就咱们一座庙，庙里就咱们两个人，谁去把它们点起来的呢？弟子一听，但觉禅房里充盈了鬼气，想去把灯笼取下来。师父说，取下来容易，只不过万一晚上咱们起夜，发现灯笼又悄悄挂在上面，能尿得出来？弟子觉得裆部凉飕飕的，把头缩进了衣领子里，说那该怎么办？师父说，不如用布把窗子挡起来，眼不见为净，不就相安无事了。弟子挠了挠头说，这样更不好，外面有什么我们都瞧不着，没有防备呀……师徒俩一宿没睡，都在思忖灯笼的事。谁知道鸡鸣时分……”

“鸡鸣时分？”

“就是早上的意思。”

“早上咋啦？”我追着问。不等雷米有所交代，一直靠氧气包过活的喻露忽然拿开了气罩：“我不想知道结尾，这故事听起来挺恐怖的。”雷米笑而不语，抓起一把薄雪，掷到我的脸上：“文科，到你了。”雪里面含着草木的气息，我抹了抹嘴，咒了他两句，开始了我的故事。

“你们听说过秘鲁豚鼠吗？五十年前，秘鲁人将豚鼠养在自家床下，一窝一窝的，灯熄入眠时，豚鼠就会从床底钻出来到处溜达，身体活动散发的热量足够维持整个房间的温度，冬天的时候就好像铺了地暖一样。秘鲁人一觉睡到天亮，下床时随便逮住哪只倒霉的豚鼠，早餐就有了。做法是这样的，先把秘鲁豚鼠剥皮，掏去内脏，然后放在木炭上烤，烤完盛盘，放点莲子、薯片和生菜，味道鲜美极了，吃起来有点像兔肉。”

“快别说了，吃老鼠，恶心。”喻露按着胸脯颦着眉，作势要呕。我纠正她：“不是老鼠，是豚鼠，很可爱的小动物。”

“那还吃，没人性。”喻露噎得我哑口无言。

雷米趁机落井下石，哧哧作笑：“文科你讲故事水平真烂，情节还没展开，人家就不愿意听了。

喻小姐,该你露一手了。”

喻露指着自己的鼻子:“你说我?拜托,我打上幼儿园起就只会听不会讲。”

山势愈加陡峭,雷米形如壁虎,紧贴着冰冷坚硬的石地,彻底成了爬行动物:“你如果不讲,我可没毅力撑下去了,快说点什么打打岔。”我右手紧攥绳索,左手提着硬塑方匣,腿肚子发软,一阵山风吼过,吹得我立足不稳,如在浮海行舟倾覆在即。好在身后的喻露推了我一把,只不过她用的是箱子,硌得我腰疼。

“我想想,就说我爸那辈的事吧。我父亲有一个同学,名字我记不住了,就叫他老王吧,”喻露吸了一口氧,“我爸说老王为人朴实,风趣,有格调,985名校毕业,学者风范。可惜在政府机关工作,优点发挥不出来,每天只能梳着一丝不苟的头发,穿着单调乏味的衣服,准时上班,从收发室领一份报纸，坐班饮茶，中间有人来访，不管群众官员一律和气接待，等到下班铃声响起，拔脚走人。”

风声、黑暗和湿滑足以使我们战战兢兢，喻露的故事像击穿电极的火花塞，让我和雷米的精神发动机开始做功。

07

老王平时接触最多的人，是一个办公室的老周。两人同属一拨拨晋升中“剩下来的”，相比老实本分的老周，老王更懂得察言观色，遇到处长，少不了虚与委蛇，见到更大一级的局长则点头哈腰。原本这种波澜不惊的日子过下去，熬到一定年限也能升职。可是人算不如天算，就在升职在望的那一年，处长喊他去谈话，告诉他处里要来一个选调生，小梦。他没在意，在机关人事变动很正常。只是紧接着，处长又说，老王啊，你要做好传帮带，现在系统上下都追求干部年轻化，未来咱们处里就是年轻人的天下，你不要有什么思想负担才好。话说得委婉又有杀伤力，老王那颗上进的心凉了半截，熬了这么些年，提拔一下子变得遥遥无期。

年底了，组织下发的考察名单里果然没有他的名字，而那个选调生却赫然在列。他不忿，他不甘，他想辞职抗议。可人到中年，最好的年华已经扔在了处里，勇闯天涯的棱角也已被岁月磨平，出去了，他能干什么？在处里最起码他还能旱涝保收。他说服自己接受现实，权当判了有期徒刑的囚犯，等待退休那天的刑满释放。回到家跟妻子谈起这事，妻子说要不托人说说情吧。他摇摇头，处长说了不算。妻子说，那找局长。他说，空着手去？不管千里送鹅毛还是黄金，求人办事不能空着手。妻子想了想，信心十足地说，挑礼物的事交给我，你尽管去送。

在等妻子挑礼物期间，一件意想不到的事发生了。一向以老实本分示人的老周忽然跑到局长的办公室拍桌子大闹，把局长心爱的紫砂壶都给摔了。那天好多人扒着窗沿儿围观，老王也是其中一个。老周让局长下不来台，自然不会有好果子吃，很快局里就拟好了处分决定，而那个时候，老王的妻子也挑好了礼物。

一套紫砂壶茶具。

这不是给局长上眼药吗？老王看到礼物的刹那迟疑了。妻子却自有她的一番道理，她告诉老王，你要用紫砂壶提醒局长，你可以做第二个老周，但你更想做第一个老王。

时间不等人，升职的诱惑摆在那里，他要么等着选调生上位，要么反戈一击，眼下就看自己有没有勇气送出这份大礼了。老王打听到了局长家的地址，一栋三层小别墅。他在局长家门外徘徊了很久，始终没有勇气敲门，一会儿担心礼太轻，一会儿烦忧妻子的理论站不住脚，但归根结底，他有没有勇气跨出这一步。铮铮傲骨固然被现实消磨得差不多了，可依然残存那么一点知识分子的傲气，拉不下脸来。这时，一柱电光戳进他的眼睛，令他有瞬间失明。

你是谁，在这儿干吗？对方问。老王心虚地拔腿就跑。对方跟在后面追，别跑，站住，别跑……老王跑得更快了。

“打住，我猜，他一定把紫砂壶落下了。”雷米坏笑。

喻露没否认：“他落下了紫砂壶。没过多久，老周的事有了转折，处分变成了一份考察报告。老王百思不得其解，但见到局长桌上的紫砂壶顿时明白了。原本指望着咬咬牙厚着脸皮把事办了，谁知半路杀出个保安，他一慌，给老周做了嫁衣。局长还以为是老周认错，上门赔不是呢。”

我们都笑了。

“老王要是有暗物质伽马刀，一定能把他想办的事办成。”虽然我一向反感走后门的做法，但我还是给出了建设性的意见。喻露没应，雷米接过话头：“嘿，你还别说，我这宝贝铁定能让他从胆小鬼变成德拉克勒斯。”

我说：“那你可真是救世主，造福人类了。”

“怕也未必，”身后的喻露渐渐和我并行，“老王如果改造了 D4DR，给上司送了礼，升了职，你们觉得那样做的人就是德拉克勒斯？”

“欲望和勇气并不矛盾。”雷米稍歇片刻，继续爬山。

“没错，但你们不要忘了，没有人愿意有朝一日变成自己最嫌恶的那种人。从初衷讲，老王也不想送礼，倘若一切要靠牺牲原来的‘我’来博取，人生是不是太灰暗了一些？”

我和雷米都承认她说得有理，若干年后，照照镜子，发现自己与当初挖苦、取笑、讽刺、抨击的对象毫无二致，那是一件多么悲哀的事情。我们唏嘘之余，庆幸喻露讲述的讽刺小故事帮我们度过了难熬的阶段，化解了意志不坚的危机。

顺利攀过一个山坡，视野逐渐开阔，坑坑洼洼的山地有下行的趋势。我们像进入了一块盆地，覆雪的荒草又高又密，埋没了迎面的一条小径。凝目细览，草丛中还有波罗花和铁线莲。雪很硬，踩在上面容易打滑。尽管腰被安全绳勒得难受，但还是没有解下的冲动。雷米脱去防寒服，拉开夹克拉链，跋涉让他汗珠子汇成涓流淌进衣领子里。

“你的身体可真好。”喻露不吝赞美。

我得承认，雷米的身体素质比我强好多。

地势越蹚越平，也越走越轻松，喻露甚至哼起了 *If I were a boy*，我和雷米也禁不住一起吟唱起来。草随着歌声疏疏落落，路径在手电筒的照耀下愈加清晰可辨。不远处，密植的云杉和巨柏从冻结的土层汲取着让其成长的生命力，向飘雪的天空刺去。森林如海洋一样推向远方，阻挡了我们远眺的视线。

我停了下来，在森林的边缘观察，口中呼出的白气飘往夜空，倏忽消失："还有路吗？"

"有，"雷米用手电筒找出了路的延续，"在这儿。"我们继续出发，在进入森林之前，我回头看了一下身后，缺了半边的冷月形单影只地浮在卡若拉冰川的上方，周围涌动着厚实的云层。月光之下，追兵未至，雪花落下的频率也变低了。

恐惧下降了一个等级。

穿行在森林小道，两侧的云杉树干有腰杆粗，宛如构筑了抵风的木墙。几株柏树偶尔杂配其间。林子里一片静谧，风撞击在树干上也只存一声低鸣。看来，我们暂时摆脱了追踪。雷米得空掏出手机，试图定位我们的位置，但是没有信号。只好用指南针辨明行进方向，记在脑海里，供随时分析，比如现在的方向是东北偏北 22.4 度。

路弯弯曲曲，一直修正到 37.5 度才趋向笔直。这时，耳膜渗入了一股杂音，分贝不高，却好像凄厉女鬼的夜半歌声，闻所未闻的恐怖。空气随着声波摇摇颤颤，把树枝上的雪一一抖落，湿漉漉地饱含着水分的雪花，洒了我们一身。

我吓得脊背好像冻僵了一般，那是一种凉沁沁的不知底细的恐怖，不由得想到了日本民间的雪女传说。转眸看向喻露和雷米，他们也是一脸惊容，想必同样听到了什么。与声音伴随的是微乎其微的地动，自脚底传来，让我们有些站不稳。而后地面不规则地震颤，坚硬的岩土发出连续的呻吟，到了要扶着树才不会倒的地步。

雷米套上防寒服："地震？"

"雪崩吧。"喻露缩着脖子伸手拨掉落在头顶的雪。我抹了抹不舒服的眼睛，不知是不是高原反应的后遗症，或是雪盲症，云杉的叶子落了一半，从枝丫的缝隙能仰望天空，一朵蘑菇云形状的气团在卡若拉冰川的注视下冉冉升起。

我突发奇想："是不是那些家伙抓不到我们，恼羞成怒，使用了核武？"

"胡诌些什么？"雷米鄙视地看了我一眼，"雪域高原也不是法外之地，核武能随便用，你太高估那帮家伙了。"

"那你说是什么？"

"瞧瞧不就知道了。"雷米往前走。

我和喻露互相对视，又不约而同地追着他的后脑勺问："你确定？"

"不走等什么，等他们追来？"雷米拽了拽安全绳，像拖船牵引驳船一样把我们拉着向前走。大约三分钟后，地动慢慢平息，心情和这森林一样渐趋平静。我再次仰望天空，蘑菇云还在膨胀，白色气体以霾的姿态扩张，好像白矮星向黑洞演变的过程。

眼前黑与白交配，混成了灰色，翼然伸展的形态，啸啸风尘也不能吹走。手电筒的光也像被吸进了"黑洞"，无法穿透灰色的霾。

"该死。"

听到雷米咒骂声的同时，我隐约嗅到了一股难闻的气味。疑心来自鸟兽的粪便，但天寒地冻的，臭气这么浓？我一下下抽鼻子确认，似乎是臭鸡蛋的味道。

“你们闻到了没有？”

“什么？”

“臭鸡蛋的味道。”

“有一点，”喻露补充道，“更像是硫黄。”

雷米呼吸困难，我也感觉胸口被压了土块，喻露想必好不到哪里去。

“氧气包。”

我们不约而同地想到了一块，可是氧气包只有一个。彼此都很默契，没有谦让，也没谁耻笑谁，轮着吸。三个人不分前后，雷米在中间，我和喻露在他两边，并成一排，能见度不足一米，看不见周遭，分不清方位，只能摸索着前进了。

别撞到树就行。

脚下嘎嘎作响，我默默祷告，入乡随俗地在心里念“大吉大利”，果然灵验。喻露就没我这么幸运了，不时哎哟一声，捂着额头恼怒。似乎偌大的高原都和她的锥子脸过不去。我正要打趣,倏然地球万有引力加大,身体重心猛地降低,一下降到了尘埃里。没像张爱玲形容的在尘埃里还能开出花来,欢喜更无。

下落速度之快容不得我做任何挣扎,就被地面张开的森然大口吞没。

灰色是没有了,黑暗又重新下凡了。纷扬的雪尘掺落进衣领里,切肤之寒,禁不住一阵哆嗦。浸浴在不属于自己的空间,我第一刻就裹紧了防寒服,第二刻想到了喻露和雷米。

“喻露!”

“雷米!”

我喊了两人的名字,换来的却是惨厉的叫声。一种你听过一次绝对不想听第二次的叫声。

08

风声弱了。电筒光迎面直射,我伸手挡了挡眼,缓冲了一下不适,略显浮肿的锥子脸,是喻露。她的眼神很吓人:“雷米受伤了。”我定定看了光柱几秒,心情糟透了:“严重吗? ”

喻露没吱声，她把电筒照向另一个方向,我看到蜷曲的雷米正用他的双手努力掰扯什么东西。我爬过去,只是移动的速度遽然放慢,迟迟才移动分毫,显然我自己也摔得不轻。

一步,两步……看清楚了,缠住雷米的是一

个捕兽夹，尖锐的铁齿嵌入了他的左腿，身下的雪已经变成了深红色。而雷米本人，由于光线所到有限，我看不到他的脸，但听到他极力抑制却压不住地呻吟，心失重般往下沉。

情况一定很严重，否则一直以真男人标榜自居的雷米断不会在我和喻露面前表现他的衰样。倘若换作我，此刻可能昏死过去。

可对于捕兽夹，我知之甚少，不得不求助喻露。

喻露却一味摇头。

希望倏地落空，我只能问雷米："雷米，告诉我能为你做些什么？"

雷米艰难地抬头，喻露适时调整电筒的高度，光束从他的腿转移到他的脸。

苍白，冷汗，和因疼痛抽搐的面部肌肉。

"找两根木棍……结实一点……"他努力地

想把话说完全，但这点信息也够了。我和喻露闻声而动，陷坑比我们想象得要幽窈，像极了熊的洞穴。

形势十万火急，多耗一秒就会让雷米受一秒活罪，我们减少了对电筒的依赖，主要靠手，摸到条形棍状的就往胳肢窝下面夹，跟鼹鼠一个德行。一顿忙活，原本凛然的寒意也被活动产生的热能驱散了。我和喻露把搜集到的物件凑到光下一看，不少是烂树枝，有几个还是冰凌。回头再寻觅，好不容易捡了两根腕口粗的枝条，折去岔节，只保留了枝干。

“这样行吗？”

雷米打量了一下，勉为其难地点点头：“凑合吧。”接着，他咬牙教我们如何使用——先把两根木棍十字交叉用鞋带绑好，插入锯齿，运用杠杆的原理，慢慢撬开捕兽夹。操作并不复杂。但喻露是女的，力气有限，只能由我这个小男子汉挺身而出了。我按照雷米说的依葫芦画瓢，喻露则在一旁提供照明。可是当我认真地把木棍插入锯齿的时候，触目惊心，雷米大腿那被锯齿撕开的表皮下，散发着热气的鲜肉像外翻的唇，被深色的血污了本来面目，混浊不清，宛如稠稠的果冻。一想到果冻这个词，不觉倒了胃口。我憋着气，用尽浑身气力去撬锯齿。斩断的经络像穿久了的毛线衣，起了绒绒的球，一丁丁地粘在划开的截面上。齿锋回拉，残留着的肉的碎屑被带了出来，瘆得我汗毛倒竖。胃囊登时一阵翻涌，气一松，手上的劲就没了。

雷米狂吼一声，发出甚过第一次千百倍的号。我忙说对不起，但道歉对止痛全然无济于事，估计雷米想骂我也有心无力。

“重……来。”雷米哼哼唧唧，声音也因为剧痛,像青春期发育造成的倒嗓,变得沙哑。

我强忍恶感,深吸一口气抓住木棍。酸臭的胃液涌到嘴边,皮肉的切面纹理和外溢的血似乎正散发着死鱼般令人作呕的腐臭,委实令我难受。

我别过脸平复了情绪,然后对着雷米扑闪楚楚可怜的眼睛:“雷米,我干不了。”

雷米看着我,蓦地大吼:“胆小鬼!”

我罕见地没有生气,若在平时,两人早打嘴仗了,但我像犯了错的学生,在老师面前低下倔强的头,仿佛这个评价很契合我。呻吟声在陷坑四壁剧烈地回响,折磨我的耳朵,好像神经正被锉刀凌虐。这一刻,我好想哭。

“穿上它吧。”喻露淡淡的声音响起,我看着她递过来的硬塑方匣,憬然而悟。对,暗物质伽马刀,这是目前最有效最快捷提振我勇气的方式了。二话不说，我脱去上身衣物——此刻即使害羞也无闲暇，即使嫌冷也得忍受。喻露帮我换上了铁甲衣，自然雷米的指导是关键，但最关键的还是喻露大方地贡献了她爸爸的研究成果——笛卡儿能量芯。一个蜂巢状的迷你反应堆，嵌着无数暗蓝色的晶体，一部分忽而暗淡，一部分忽而明亮，像热液虾背上的蓝斑。

“不是先要用你的那个什么芯片捕捉染色体的位置吗？”

雷米露出惨白的笑：“已经一体化了，不然我的伽马刀跟医院里的相比有什么两样呢？”

这些本来应该是在太阳谷峰会展示的关联性产品，如今却要在一个黑咕隆咚的陷坑提前进行便携化的终端测试。然而，我在意的并非便携，而是它的实效。能量系统接通运行的刹那，电流声顷刻遍布铁甲衣。我没感受到什么异常，只觉得贴肤的铁甲衣由凉趋热，恰好与寒冷对冲。喻露一边操作，一边瞪大眼睛，打算将我的变化毫厘不差地收入海马体。

铁甲衣在腕部有一个手表样的计时器，显示和记录用时。我盯着不断攀升的秒数，读：10 秒，20 秒……一直到上了 100 秒，皮肤才有些发麻，不过头部并无不适。等到了千位数，笼罩头部的热量骤然消失，代之以低温冷气，太阳穴跟搽了风油精似的，灵台一片清明，整个人自觉精神得可以。但是这种效果只持续了短短几秒，紧接着我就感到眼球发涩，倏然犯了困，周遭事物慢慢从视野里消退，如同被推进了冰箱的冷冻储藏室。

我记得在失去意识前听到的最后一句话来自雷米。

“扶着他，别让他倒下去。剥离基因表层好比牙医削除你牙齿上的珐琅质，冷冻射线有麻醉作用。”

09

巨大的疼痛把我唤醒，我抱着脑袋，只觉里面有一颗肿瘤在无限地生长，几欲炸裂，又好像披坚执锐的雅典娜企图钻破宙斯的颅骨，肆意压迫我的痛感神经，难受得死去活来。

“文科……”

“雷文科！”

一声轻一声重，宛如二重奏，呼唤着我，呼唤着我的灵魂。

仿佛乌云一点点裂开罅隙，一缕光线如利斧

斫穿厚重的黑幕，消失在周遭更浓的黑暗里。颅内高压如潮水般退去，头脑倏地澄明如镜，唯有滴水敲打搪瓷盆的叮咚在虚幻里特别真实。

“吓死我了，还以为你入魔了呢。”

“怎么会。”我微笑着。尽管眼前的景象尚不清晰，黄澄澄的淡弧与黑色混合呈现新的底色，宛似有正在喘息的生物像蛆一样不停地蠕动。

“别愣着了，快去帮雷米。”喻露把手搭在我的肩上，我没看她的手，望向雷米，以及他的左腿。

平淡之极的感觉，心魔一瞬间被克服。

我俯下身，抓住十字交叉的木棍，耐心沉着冷静地撬开锯齿，慢慢地往他脚的方向推。其间，我做到了无视血淋淋的场景和雷米发自内心的厉喊。没有什么能够阻止我去做一件事，如果这一幕在全球直播，人们都会给予一个评价，勇气可嘉。

喻露从背包里取出了应急物品——绷带、医用胶布和消毒药水，给雷米包扎。我紧紧抱住雷米，不让他在喻露上药的时候乱动。

处理完雷米的伤口，我们都舒了一口气。虽然医疗条件有限，只做了简单的消毒和止血处理，但雷米已经没有性命之虞，不过之前出血不少，精神有些恍惚。

电筒的光渐渐微弱，这里没有食物，没有暖炕，最惨的是就快没有光了。

“我们必须上去。”我抬头望着陷坑的出口，雪珠子又开始洒落，有几粒落进我的眼里，刺激出了滚烫的泪。

我摸向坑壁，坑坑洼洼的，非常适合攀缘。愿望离实现只有一步之遥。不需要安全绳或在底下放充气垫，勇气让我有了冒险的能力。我让喻露、雷米解下腰间的安全绳，这样可以带着绳子爬出去。计议既定，我手脚并用，竟然爬到了我意想不到的高度，低头看看下面，不知恐高为何物。

我是个男子汉啦。

我心情大好，够向积雪下的荒草，牢牢揪住，轻轻一纵，出了陷坑。

地面上重重灰霾不知何时已然散去，我解下腰间的安全绳寻最近的树绑好，再把绳子丢下去，长度正合适。喻露顺着绳子爬上来，之后我再下坑，把雷米弄上来。

做哪有说那么容易，着实费了我九牛二虎之力。

"怎么样，我的发明了不起吧。"雷米泄露天机似的说。

都这样了，还不忘自吹自擂，我在心里嘀咕。不过嘴上得承认雷米说得没错，只是不知道这铁甲衣有没有副作用。

“还不脱下来。”

到达地面的雷米勾着我的脖子，一边把我当拐杖使，一边担心他的宝贝疙瘩会不会被我穿坏了。

“小气鬼。”我忍住捅他一拳的冲动，叫喻露过来搭把手，好让我卸下铁甲衣。

喻露还没走到雷米身边，电筒耗尽了电量，熄灭了。我并没感到恐惧，雪色反射的亮度恰好给了我们一双指引前路的眼睛。

空气的流速遽然一变。雷米突然说:“快走！”我不明白他怎么就胆丧了，是受伤的缘故吗？直到喻露也张皇起来，我才有了一丝紧迫感，回首望去，恍若坠落地面的远星在幢幢黑影中向我们这边移动。

阴魂不散的家伙们！自信让我厌倦起来，厌

倦逃亡,厌倦敌进我退。我要直面他们,砉然了断。

“笨蛋,你还不走,你只是有了勇气,可光凭勇气是不够,你没有打倒他们的能力。”

我虽有一腔豪勇,但并未失去理智。以我弱小的身板,确实济不了什么事。我匆匆卸掉铁甲衣,换上防寒服,把暗物质伽马刀放回方匣,能量芯则交还喻露,然后和她架起雷米沿着林间小径疾走。说是“疾”,其实因为雷米的伤腿速度慢得很。正当忧心于追兵与我们之间的距离不断缩小,森林的尽头一座小小的祭坛,五颜六色的经幡出现在我的视野里。

有信仰神迹的地方就有虔诚者居住。

太棒了！我陡然忘了身边还有雷米,动情地往祭坛的方向跑去。

身后传来雷米的骂声。

10

绕过祭坛，后面果然别有洞天，就像学校课间操时，教导主任正在念庄严的校训，却被一段男生写给女生的情感独白所打断，意外中带着惊喜。

满目的雾凇遮不住一处遗世独立的湖。像地震造成的堰塞湖。挟雪的阴云低垂在湖面之上，让水看起来黑乎乎的，仿佛钻井平台漏出的原油。靠近湖边，水波疑似见了生人，惊得荡漾不安。湖面飘滚着乳白色的烟雾团，时而稠，时而稀，如逃出地狱的幽灵。

一排排帐篷高低参差地傍湖而设，外形或长或方，像搭好的积木玩具。长短不一的帐篷绳系着堤桩把它们牵牢。有的还在四周用草甸砖垒砌了矮墙，不知用途为何。我摸了摸帐布，似乎是由牦牛毛编织的，格外厚重，边角饰以褐色或蓝色的毡条，估计是为了增加重量。

“有人吗？”

我捏着嗓子喊了一声，心说要是山里有原住民肯帮我们，那些穷凶极恶的追踪者就没什么可怕了。

无人应答。我又喊了一遍，整个村落死气沉沉，渺无人烟。山风硬朗，吹得篷布猎猎作响，扭曲出各式各样的造型。

雷米有气无力道：“也许这儿的人听不懂普通话。”我一拍脑袋，对呀，应该用当地的语言。我把眼神丢给喻露，她在我们当中居长，想必见多识广。然而，她摆了摆手：“别价，我就会问个好。”

不会就不会吧。至少听到陌生的声音得出来瞅瞅不是。我不信这些帐篷里没一个人。临近帐篷，臭鸡蛋的气味十分浓郁。也许是贮藏的鸡蛋变质了吧。我遮住鼻子，掀开帐门的护幕，里面潮气弥漫，一股与臭鸡蛋截然不同的鱼腥味扑面而来。脚下铺着简洁纹饰的毛毯，散放着磨刀石、柴刀和卡垫。白色的绳状物吊在天窗之下，腥味正是从那起源。

但是没有人。

我们决定去下一家。这家更惨，一家三口卧着，露在衣服外面的皮肤像是被烈火灼烧过，呈褐色，如同炭化的皮革，有一层较硬的外壳。不过死状并不可怖，仿佛服用了大剂量的安眠药，脸上挂着睡梦中才有的平和表情。

雷米惊在当场。喻露转过脸呕吐,吐了一轮又一轮。我从没在现实中见过死人,一时腿软,顺着护幕往下滑。

“谁杀了他们?”

呼吸声无比沉重,只觉方圆数里都笼罩着死亡的气息。仿佛我们是猎物,被赶进了围猎的半径,一股急欲掉头逃跑的强烈冲动袭上心头,恨不能马上逃离险境。况且黑暗又是助长恐怖最好的利器,急骤的跫音因而一路蜿蜒。我扶着雷米殿后,喻露奔逐在前,溜出了帐篷。跑着跑着,觉得哪里不对劲,可又说不上来,直到雷米问我:“咦,你犹豫什么呢。”我停下脚步,望着他的眼睛:“骗子,你说暗物质伽马刀能改变人的D4DR基因,从而变得勇敢,怎么才一会儿工夫面对死亡,我和你就怕得屁滚尿流?”喻露听到我的问题,像被施了定身法,不往前跑了,转过身看着雷米,大概也想知道答案。

雷米底气不足地挠头，雪白的牙齿露了出来,笑得那么难看:“这类手术本身就存在一个术后恢复期,如果不巩固疗程,出现反弹很正常。还有无法排除的偶合反应,极易导致与预期相悖的逆向变化。”

“这么说,我白挨了一顿辐射?”心里那个悔啊,听说足够的伽马射线能杀死生命体,虽然铁甲衣只是微量照射,但不知道有多少脑细胞被杀死了,或者隐藏着癌变。

“也不算白挨,”雷米抬起眉角,“你不救了我吗,而且做了一回男子汉,是不是很享受?”

我啐了他一脸唾沫，把他从我肩头上推开。他支撑不住身体,颓然倒地,嘴里面龇牙吸气,疼得够呛。

“文科,你这是要谋杀哥的节奏哇。”

“得了吧,你发明这玩意儿,是谋杀全人类的节奏。”

哥儿俩免不了嬉骂一顿,只是雷米才开了个头，居然有一丝婴儿的啼哭不由分说地擂进耳窝,实在太诡异了。

“你听到了吗?”喻露指着耳朵。我点点头,雷米表情严峻:“看来有幸存者。”

雷米腿脚不便留在原地,我和喻露一个帐篷一个帐篷地找。死人,一屋子的死人,表征都是烧伤,都像在熟睡中死去。我们没有找到一个活着的生物,然而婴儿的哭声却不断地萦绕在湖的上空,一阵阵的,让我心悸。

我们俩心惊肉跳地回到雷米身旁。

“喻露,会不会是……”

“什么?”

“山鬼。”

“这世上哪有什么山鬼！我是唯物论者，一生讲科学反迷信，山鬼能有这么大能耐，一下子杀死这么多的人？我看，可能是风穿过石缝或者树林发出的怪声，不过也太像婴儿哭了……”

她振振有词的样子很受用，可是她越说声音越微弱，最后竟不可闻。显然她也怕得要死，肩膀像蝴蝶的翅膀开始瑟瑟发抖。

“瞎扯什么呢，要真有鬼，我倒想见识见识。”雷米鄙视的眼神扫过来。

“那你怎么解释他们的死？”

“我不知道，但我肯定不是山鬼作祟，也不是连环杀手所为，一定有更深层次的原因。”

这不等于没说嘛。我提议：“这里太危险，咱们还是走吧，别待会儿怎么死的都不知道。”喻露也表示同意。我把他拉起来，体重令我倍感吃力，仿佛勇气消弭了力量也随之散失。雷米却在艰难立身之后反对我的提议:“不,我们应该留在这里。”

“为什么?”

“这里到处是死人,我们可以穿上他们的衣服扮成死人,掩饰行踪,摆脱追捕。”

不错的想法。可是危险并不只来源于那些追我们的人,还有杀死牧民的神秘凶手,后者似乎对我们的生命威胁更大。毕竟追兵有可能只想要我们手上的东西,并非我们的小命。

“我不想待在这地方,你看看周围的雾凇,鬼影幢幢的,这湖上的雾,跟幽灵有什么两样,还有婴儿哭声,你不嫌瘆得慌吗?”

我憋了一点没说——这些外表被灼伤却又面带安详的死法,诡异可怖的很,闻所未闻,见所未见,光是回想他们的样子就起一身鸡皮疙瘩。

胃囊里适时涌出一股难闻的气味,我尽力往

下压。

“我也不想留在这儿。”喻露全速倒向我一边。

雷米觑了我一眼，又认真地看着喻露：“还记得我讲的那个和尚和灯笼的故事吗？”

我和喻露点点头。

“知道鸡鸣时分发生什么了？”

我和喻露摇摇头。

“老和尚圆寂了。”

“为什么？”我问。要是放到平时，雷米一定会戗我“哪那么多为什么”，但现在不同，他铆着劲想说服我：“妄念。”

我们不明所以，雷米徐徐阐释：“红灯笼只是一个妄念，妄念延伸出鬼物的存在。他们不是败给了鬼，是败给了自己。世上最恐怖的不是僵尸、鬼魂、异形、狼人、吸血鬼……是人自己制造的妄念，一种冥顽固执的被迫害的妄念。”

我忽然间明白了他的意思。

“地震也是妄念？”

“地震？如果是地震，这些帐篷会完好无损，人会死得这么离奇？”

我答不上来。雷米继续说：“因为离奇，因为无法解释，所以你开始设想各种可能，而每一种可能都无一例外地指向了你无法掌控的情形，就是，你也会死于这种可能。”

“好吧，听你的。”

喻露倒戈得真快，剩下我一个人孤立无援。

雷米不再过问我的意见，看了看表：“现在是夜里九点零三分，我们先吃点东西。”

喻露翻遍了雷米的背包，只有一听健怡可乐和一条换洗的内裤。

我不禁埋怨雷米：“你就带了这些？”这时候

要是有一碗荷包面，或者火腿鸡蛋三明治多好。

“当时情况危急，我哪顾得了许多，你们又一个劲儿地催……”

“得了，”我不想听他唠叨下去，“给点亡羊补牢的建议。”

雷米张望了一下四周，月光下的湖面，颜色幻若迷梦。

“烧烤怎么样？”

11

我得说这是个馊主意。用手试了试水温，冷得我叫妈。我宁可做个饿死鬼，也不想小小年纪长眠在湖底。喻露则宣称她是个旱鸭子。雷米说，那咱们进帐篷吧。

我说："你确定？里面可都是死人。"

"你把他们当石膏模特不就行了，再说气候寒冷，不会发生瘟疫，放心进去吧。"

我们选了靠后的一间，进去之前，虽说大家都是无神论者，但还是画了十字，还合手念阿弥陀佛。里面的陈设与我们一开始进去的那间无异,只是空间相对更宽敞些,多了一个漂亮的柜子。门两边有火焰宝、八宝图、大鹏鸟的图案,地上铺的卡垫绣满了花卉,矮脚桌上不仅有木头器皿,还罕见地看到了瓷器。不过当看到席地而眠的一对夫妇,却像石块压在心坎,卡垫的百卉顿时皆呈灰色。他们的死状一如之前发现的那些尸体。

“还等什么,换上他们的衣服。”雷米发号施令。我和喻露为难地看了一眼对方,有些畏畏缩缩。

“你们怕什么呢,他们都死了。”

“就因为他们死了。”喻露说。

我担心地问:“这样是不是对死者不敬?”

“拜托,也得让咱们逃过眼下一劫不是。”疼痛让雷米不耐,也让他的口气变得相当冲,“如果他们死后真的化作厉鬼，那冤有头债有主，找我雷米好了。”

喻露在我面前伫立片刻，俯身去脱死者的衣物，我骇然阻止她：“你真要这么做。”

她的动作滞了一滞，耳朵从发中直挺挺地竖起，但是并没有看我，专注做她的事。

“我不想我爸爸对我失望，我必须让他的心血在峰会上展示。”

雷米离开我的肩膀，一屁股坐到地上，帮着喻露。我歪头想了想，没有更好的办法。接受的过程像法官在进行一场自由心证，而我就是那个法官。

我安慰自己说，至少我们不是为了求生而害死他们，只是小小利用一下。

虽然只扒下了两件袍子，但也足够了。由于我没发育出成年人的体态，只能让雷米和喻露与死者夫妇对换。雷米还好说,可惜喻露与女牧民的身材有异，在给女牧民穿喻露的铅笔裤时,遇到了不小的麻烦。女牧民的腿粗,喻露努力许久愣是穿不上。她喊我帮忙,两人同心协力地拽着裤腰使劲一提,扑哧,像绿巨人变身那样,整条裤子被撑得四分五裂。

雷米说:“行了行了，把方匣和手提箱都打开。”

我一愣:“打开做什么？”

“既然我们死了,就得有死的原因。杀人而不越货,你觉得他们会信吗？最合适的理由莫过于有人捷足先登杀了我们夺走了两件发明。想必那些追踪者看到这一幕也不会怀疑。”

我听出了雷米的意图,他这是要精心伪装一个杀人现场,以达到瞒天过海的效果。我按他说的做,打开方匣拿出了“铁甲衣”。喻露也开启手提箱，但是她瞄了一眼就火速关上。

雷米问："怎么了？"

"即使我们成功地骗过那些追踪者，让他们以为有人抢先一步，但失望之余，他们会不会转过头去找我们亲人的麻烦？毕竟他们可以从我爸那里得到笛卡儿能量芯的设计图纸。"

我和雷米闻之默然。喻露考虑的这个问题值得深思，她是想做长远的打算。

"恩，有一定道理，你说怎么办？"

"我决定把笛卡儿能量芯留给他们。"

"什么？"我不信自己的耳朵，"这可是喻教授的心血，你刚才还说要以生命守护的呢？"

"相比活人，这只是一件死物。何况没有暗物质伽马刀，能量芯也发挥不了它应有的作用，它是为暗物质伽马刀而生。"

"原来你打这个主意。确实，这两样东西缺一不可，只给他们能量芯等于什么也没给。不过，喻教授是安全了，可我的家人……”雷米说到这里脸上掠过一丝不满，颇有点责怪喻露自私的味道。

“放心好了，我把能量芯留给他们并不只是为了我爸爸，还有一层用意是我想借由能量芯查出制造这一切的幕后主使者，”喻露整理着头发，扎成一束绕到前边掖进袍子领口，“不把主使者揪出来，我们会一直活在恐惧之中，永无宁日。”

“噢，你准备怎么把主使者引出来？”我觉得喻露像说相声的逗哏，而我，是那个捧哏。

喻露再次打开手提箱，把蜂巢体托在左手，右手则去拔中央的机芯。那机芯像一枚无柄的匕首，一旦抽出，晶体立刻毫不夸张地显现死气沉沉的象征。她刚要开口，雷米一扬手制止了：“我懂了，喻教授曾经和我聊过启动暗物质反应堆的密钥,是默认的出厂设置,知情人除了研究所的所长,就只有教授本人了。”

“对,当前生产出的成品只有一个,而设计图纸都交由我爸爸一人保管,这次去峰会参展也是所长联系的,如果出岔子……”

“你怀疑是所长?”

“我更倾向是组织方干的。”

“但峰会仅仅是为科技界交流与对话搭建的一个平台,并没有什么利益链,何况我们的发明还没有对外公开,就算有某股恶势力要将它窃为己有,最起码也要等到在峰会上完成终端测试,”雷米不无感慨,“除非他们急得丧失了理智,可我的发明目前还只能对 D4DR 基因产生作用,未来可能会有所拓展。但那也只是未来,不是吗?”

我点头称是,躲在暗处的势力似乎有些高估雷米了,他也就是个科学发烧友,如果不是喻教授对他青睐有加，他哪有进研究所实习的机会。一饮一啄，因果分明。

“也许他们不只要你的发明，还要你本人。”我一溜嘴，误打误撞地跳过了横在表象和事态之间的鸿沟。

雷米默然。这是个残酷的假设，意味着他也是对方目标的一部分，而我和喻露连添头都算不上。

喻露打岔说：“别多想了，趁他们没到，先吃点东西填饱肚子要紧。”

帐篷里有腌制的肉条，青稞面与牦牛肉混合的味道照理说应该不错，只需找个生火煮面的地方。帐篷里没有，只有去外面。雷米却伸出完好的右腿，挡住我的去路，严肃地说：“不能到外面生火。”

“可里面没有生火的地方，总不能在毛毯上生火吧。”

“到外面生火那不等于给抓我们的人发信

号？”雷米斩钉截铁说，“生吃。”

不带这么刁难人的。长这么大，除了水果和生菜，我没吃过生的东西，这肉条虽然和了面粉，腥味依然很重，叫人怎么下口。在我来天空之镜之前的憧憬里，野餐只有炙鹿烤羊这两项。

喻露弯弯的眉毛也攒成了尖尖的角，她拈起一根肉条：“吃……怎么吃啊？”

“是啊，怎么吃？我可吃不下去。”我盘腿坐在卡垫上，手撑着大腿，一副愤愤不平的样子。雷米好像跟我赌上了这口气，对喻露说：“给我一根，我吃给你们看。”喻露有些不信地给了他一根。

雷米像捏橡皮泥似的把肉条揉成一团，塞进嘴里大嚼，我开始还挺钦佩他的，但看到他哗地往外吐，顿时乐了，脸上却乔装严肃：“唉，凡事不能太勉强。”

雷米眼睛一瞪，捂住嘴，使劲儿往里硬挤。我都替他感到难受，不忍心打趣，唯有瞠目静观。雷米艰难地“表演”完毕，我只能说那是表演，因为实在不堪入目。看别人难受其实对自己而言，不见得有快感，反而有受虐感。

他抚了抚胸口：“知道我为什么能咽下去吗？我想起了你说的秘鲁豚鼠。”

“烤豚鼠吗？”

“是，烤豚鼠。”

我不禁发笑，一则道听途说的旧闻居然在关键时候给了他鼓励。喻露也难以置信地看着雷米，确定他不是在消遣，朝他竖了竖大拇指。

“我劝你们也来一点。”雷米邀请我俩加入挑战。有时候，榜样的力量是无穷的，我和喻露决定把底线下调一次。

12

鹤唳般的风声挟持着雪“咯吱”地刮进护幕，我们迅速交换了一下眼神，彼此没有多说什么，赶快寻找帐篷里可以藏身的地方。未果，惶急间，我一把拉开柜门，纵然里面是一堆衣物也顾不得了，扎猛子似的往里钻，还是喻露眼尖，指着帐篷的西北角：“你们看！”我和雷米望过去，那个角落没什么特别，不注意还真不会发现一孔清晖踅进来。走过去发现，那有一张破了洞的卡垫，清晖从圆形缝隙透上来。我们把卡垫卷到一旁，下面是纵横交错的木质格栅，盖住了洞口。洞不深，有两米左右。洞里并无光源，只是洞底镀了一层冰，似乎是积雪融化又遭遇低温所致。我抓耳挠腮思索片刻，明白了，这定是外面月光照射在洞底的冰层从而发生的V形反射。

既然通向外面，无疑是最好的藏身之所。雷米让我先下去，然后喻露把铁甲衣给我。紧接着她搀扶雷米入洞，我则在洞里接应。好在雷米的双臂强壮有力，吊在洞口，我才能拖着他的身体慢慢下行，但他腿部的伤口委实严重，深红色血水洇染绷带泛了出来，他自己也疼得直叫唤。最后是喻露。她在下来之前走到柜子那，把里面的衣服系数拖出，合上柜门，再走回来。我不懂她这样做的用意，但也没多问，时间有限，逃命要紧。她下来后，踩着我的背，依次用格栅和卡垫盖好，圆形缝隙被胶布封住。三人就这样蛰伏在洞里，宛如冬眠的跳鼠,战战兢兢,静候天敌的降临。

这种心境就像在死刑场,被蒙住双眼,等着执行枪决的士兵扣动扳机。然而留给我们缅怀一生的时间过长了,以至于产生了苟活的贪念,希望对方会刀下留人。可是对方又似乎在拿我们开涮,既不罢手,也不松口,就那么耗着,煎熬可想而知。加之洞内苦寒,我真有一股想哭的冲动。寒冷让我对死的想象逐渐迟钝,孩子总是习惯性地以为有一种神圣的力量能将自己从任何灾难中拯救出来。但是这种神奇的力量没有出现,我们通过拥抱来分担恐惧,缓解恐惧带来的寒冷。

航海梯山来到这里,却要受这份活罪。我有点无比憧憬黎明时分的天宇。

拜托,给个痛快的。我心生大无畏念头时,翻箱倒柜的声音如约而至,伴随几句叽里咕噜的对话,貌似方言或者外语,反正听不懂。后悔没带个翻译机。

我们全都屏住了呼吸,握住彼此的手感受脉搏的异常加快，手劲则随着头顶脚步声的临近不知不觉地在加大。对方有备而来,脚上一定蹬着狼爪登山靴。靴起,落下,旋转,归于不动。约莫过了一分钟,鞋子又动了,再起,落下,声音渐轻渐远。

我们大口吁出气,看来对方已经带着失去密钥的笛卡儿能量芯离去。

我说:“上去吗？”

雷米想了想:“不,从另一边出去。”

我们匍匐前进，沿着洞底地形斜行向上,爬到了帐篷外的出口。盖子同样是木质格栅,推开它,落雪糊了一脸。我刚探出头,猛然一声炸雷般的狗吠,随即光柱直射我的双眼。

我情知不妙,赶紧把脑袋缩回去。

“被发现了,快,往回逃。”

连滚带爬跌到洞底，只能沿原路返回帐篷。伤腿的雷米此刻成了团队中最大的累赘，以他的速度，我们都会成为瓮中之鳖，可又不能扔下他不管。伤脑筋。耳听狗吠迫近，雷米请缨留下："你们走吧，别管我。"我犹豫了一秒，断然说"不行"，再怎么说也是堂哥，丢下你不管，良心上说不过去。雷米惨笑："放心好了，他们不会伤害我的，我也是目标的一部分，嗯哼？""那是我随口诌的，不能当真。"我解释说。雷米看了看冰层上莹然的月光，甘美凄婉："有什么能不能的？我带你出来的时候跟你爸承诺过，一定要毫发无损地把你带回去。"这句话不偏不倚地击中我柔软的心，紧紧抓住他的手："雷米，我绝不丢下你。"

"行了，行了，"喻露失去了耐心，"我没空看你们兄弟俩煽情，我看谁也别让了，都走是正经。"说着，捋了捋稍长的袍袖，蹦了两下，跃跃欲试地攀上木格栅。这理应不难，她先上也是最优选择。

但是她才屈膝下蹲，上面的“盖子”就不翼而飞。

“他们在这里！”

我心一寒，原来这帮浑球里面还有会说人话的。

13

纯黑的拉布拉多猎犬，颈部拴着铁链，被人牵在手上。电筒像停在肩上的乌鸦，散射着诡谲的光。那人身后还有几个男子，统一的黑色滑雪衫，防风镜，有的脖子上挂着夜视仪，有的背着带有瞄准镜的步枪，其中一个拎着喻露的手提箱。看阵仗，来头不小，比恐怖分子还要像恐怖分子。他们非常粗鲁地从我手中夺走铁甲衣，再架起雷米。我上前阻止他们，却被他们凶狠地推倒在地，并用枪指着我。我不敢再动，只能同情地看着雷米。喻露的境遇还好。那些人得到了笛卡儿能量芯，似乎已经满足，对她俨然失去了兴趣。从这一点可以看出，他们并不知道密钥的存在，又可以引申出所长没有泄密，最终归结为一条，峰会组织方有很大的嫌疑。不过，现在想这些已没多大意义。

在雷米被押出帐篷之后，巨大的螺旋桨声刺破沉闷沮丧的空气，像太阳风暴似的干扰我的生命磁场。帐篷的篷布被海啸般的风旋得划出痛苦的波澜，但是没有坏，可见制作精良，质地不错。有两个人留下来守着我和喻露，他们一人端着步枪，另一人在检查我们的背包，他边检查边往地上掼东西的恶习让我和喻露感到害怕。我向她使了个眼色，虽然我不确定她是不是接收到我的信号，但我拼命地在做。我想她吸引对方的注意，以便使出“猴子偷桃”之类的下流招数克敌制胜。可是她似乎未有察觉，如月色般的眼睛丝毫不见灵性，急得我只能在心里一遍遍地重复将对方打倒的完美遐想。

要是雷米在身边支个招多好。我心忖。

检查完背包，那人将唯一看得上眼的健怡可乐据为己有，恨得我牙根痒痒。恨过之后，我立刻责骂自己幼稚，还有工夫为可乐争风吃醋。那人享用了我们的可乐，打了个气嗝，对他的同伴做了个手势。

彻骨生寒的手势。

我也只在电视上有幸见过此类手势，大抵是灭口前一种约定俗成的无声指示。这令我百感交集，眷恋人世间的美好，痛惜十六岁短暂的一生结束了，思念远方的爸爸妈妈伯父伯母，牵挂被捉走的雷米，包括即将遭遇同样命运的喻露。我挺起胸膛，选择无畏的死，唯一遗憾的是自此离开你们了。

持枪者把冰冷的枪口对准了我的额头。一枪足以致命,绝无多余。我双手交叉,祈祷自己死后能够升入天堂。

不料,心灵的虔诚换来了毁灭般的声波,周围的气体立刻千疮百孔,风狠狠地打在每个人的脸上,无从回避,连一丝微动也没有。我的双膝离开了地面,托住我身体的气流从层流转为过渡流,再变成湍流,流场中无数的小漩涡搞得我晕头转向,最后两眼一抹黑,栽进了待过的洞里。

几乎没有时间用来思考。我匍匐在洞底,膝下凝结的冰似乎在融化,一波炙热井喷一样从下面往上涌。刹那,聚集的热量之多几乎能把我蒸成干尸,如入蒸笼。这不是最糟的结果,又一个重物砸在背脊,差点要了我的命。窒息感转瞬即至。我抓着喉咙,想在气管上撕开一个豁口,过程就像一种封闭在磁场中的力为挣脱磁极的束缚而拼命挣扎。可是这种力太过弱小，根本不是强大磁场的对手。

与四肢逐渐僵硬伴随的是，臭鸡蛋的味道像一杯浓茶，侵入我的嗅觉神经，仿佛兜头淋了一通臭鸡蛋的蛋清，浑身上下臭不可闻。过了一分多钟，所有努力归于无效，人也失去了自我控制的意识，成了一尊卧倒的雕塑。

对不起，雷米，我已经尽我所能地活下去，但事不如意十之八九，我就是那八九了。

14

我是被冻醒的，昏迷了多久无从得知，臭鸡蛋味还有少许残余在鼻腔，但四周安静的只有风吹帐布的声音。喻露不声不响地看着我，如此不加雕琢的凝视，使我黯然神伤，仿佛自己被吸进了虫洞。

“我以为你死了。”

喻露的声音透着健康。我想起砸落背脊的重物，有了我这个肉垫，她应该没事。

“我也这么认为。”

“还好你活着。”喻露把我从冰层上拉起来，一起爬出洞口。地上滚落着未熄的电筒，我捡起来照明，结果惊讶地发现，原先准备杀人灭口的两个家伙正一动不动地躺在地上，其中一个家伙把我的可乐罐捏得变形，他们的死状与牧民高度一致，只是表情相对狰狞。我不知该怎么解释这小概率的诡异事件。显然，他们的死非人力所为。丝状的白雾在他们的尸体上袅袅盘旋，仿佛下了霜。面部肌肤像燃尽的金箔，皲裂的地方透着黑，皮不同程度地向上翘着，宛如挤干水分的糌粑。

“这不是烧伤。”喻露看着二人的尸体，向我展示她的手背。她的手背上也有一处相似的创面，看样子，绝对是温度伤害。

“那是什么？”

“冻伤。”

冻伤？我瞪大眼睛：“冻也能冻出这效果？”

"能,"喻露眼睛里闪烁着一种叫作专业的东西,"低温也可以使细胞变焦死亡,刚才他们身上不是飘浮白色东西吗？那是干冰的升华反应。"

这么一说我明白了，干冰升华为二氧化碳，吸走大量的热从而导致冻伤的出现,因此这些尸体的皮肤表面都像被火燎过,呈现出真伪难辨的假象。

"他们是被冻死的？"我觉得不太可能,他们穿的衣服不少，手套登山靴等保暖装备一应俱全。

"憋死的。"喻露轻动双唇,下了定论。我看着两人扭曲的面孔，回想自己体验的那种窒息感，顿时了然。但心中一个疑问仍然挥之不去,何以牧民面带安详,而这两人却几乎腾挪了五官?

"干冰从哪里来？"

我问喻露。她没有回答,沉思着站在原地。我烦躁地走出帐篷，一来我害怕与死人同居，二来雷米生死未卜。外面是风雪的世界，白茫茫的一片，雪尘扬在空中，吸进肺里有丝丝的寒，感觉肺泡都因此萎缩了，一次吸进来的氧气远不及一次供给扩大胸腔肌肉运动所耗费的氧气。很不划算，尤其对饥寒交迫的我而言。我看不到周围一米外的事物，小心地向前踱步，不一会儿探到了湖边。湖仿佛受了惊，不断地有气泡在湖面翻滚，拱起又迸裂，咕噜咕噜的，像肚子饿了的声音。

我打了个激灵，忽然间对干冰的源头有了了解，来自湖底。一个湖底的景象在我脑海中展开，水温极低的湖底，堪比矿藏的干冰静静地躺在泥土之下，数量极多。然而在某一天某一时某一刻，地下温度突然急剧上升，几乎没有任何过渡，干冰霎时升华，如烧开的水壶中迸发的蒸汽，转而化为二氧化碳气体，形成爆炸性的膨胀力量。大规模的喷发就这样产生了。气体挣脱水体压力冲向空中,表现为蘑菇形的气云。方圆数里的氧气在极短的时间里消耗殆尽，并吸走湖边四周的热,使之降至冰点。彼时帐篷里的人们正在酣睡，浑然不知死神已悄然逼近。由于睡梦中人是无意识的呼吸,缺氧造成了休克,随着时间的增加,导致死亡,所以这些牧民并未在面部展现痛苦的表情,而想将我和喻露灭口的两个家伙是在有意识的情况窒息致死,因此表情十分狰狞。

我对自己的推断很满意,但这里的气温本来就在零摄氏度以下,即便二氧化碳吸热,也不至于冻伤皮肤表面啊。我凝视着不安的湖水,想找出全部的答案。从水下扶摇而上的气泡吞吐不断,好像水里有一条蓝须鲸在换气。滚滚气泡令我灵光一闪，想到被气流卷进洞底时那要命的热,只有冷热的骤然交替作用,才会引发冻伤。好比握着一块冰,绝不可能导致手掌冻伤,而在使用泡沫灭火器的时候,若大意地摸到钢瓶,能冻掉掌上的皮。如果把当时帐篷里的温度制成图表,一定是正谐波那样的波浪线,在达到高温峰值之后迅速坠入低温的峰谷, 也就几秒的事,或是更短。

所以牧民在窒息的瞬间,肌肤也像贴到了正在工作的灭火器钢瓶,顷刻被冻伤。

根本没什么连环杀手,雷米说得对,是妄念这东西令我们恐惧不已。更让我感慨的是,可恶的大自然居然在千钧一发的时刻救了和喻露一命。

15

烟锁雾笼，行走在其间，衣物像浸了水般沉重，心情也黏黏的，勾缠不清。

我沿着湖边走，猛地，一件橄榄绿夹克映入眼帘。我擦了擦眼睛，确信不是眼花。我一把抄起，背心印的“REMY”（雷米）是那么刺目。贴近面颊，仿佛还能感受到雷米的体温。我双膝一软，身不由己地跪倒，挟带出几滴眼泪，心情十分悲痛。

如果雷米在，一定会骂我没出息。可是……我现在宁愿被骂。

我把手拢成喇叭状，凑到嘴边，大声喊道："雷——" 才发出第一个音，就被人从后面捂住了。

"别叫！"

我听出这是喻露的声音，立马找到了哭诉的对象："雷米，他……"我抽噎着，泣不成声。

"哭什么！想被他们的人听到吗？"喻露压住调子喝止我，"再说，你哪只眼睛看到他死啦，要是落到湖里，迟早会浮上来，等能见度高一点，一切就有分晓了。"

她说得很没人情味，却也不无道理。我停止哭泣，抓着夹克立起身。喻露替我揩了揩垂落在眼角的泪儿，嗔怪说："多大的人了，就知道哭。"

"人家年方二八……" 本想说句俏皮话自我解嘲，但转念想到雷米，难过地把俏皮话咽回去。因为咽得急，喉头又酸又苦。

“现在怎么办？”

“我要先确定抓我们的那些人有没有幸存者，如果没有，那就意味着我们现在是安全的。”喻露鉴赏似的绕湖走，身影顷刻被雪尘雾障消融了大半。我赶紧跟着她，怕她走丢，更怕自己掉队。就在我紧追不舍的时候，喻露突然刹住步子，盯着湖面。一具尸体正慢慢悠悠地漂过来，我当然不可能蠢到以为那是水草，旋即跳开一尺，很无耻地躲到喻露身后。喻露倒是没动，但仅仅是暂时的。她比我的反应好像慢了一拍，等瞅明白是什么，纤腰扭得跟水中芭蕾似的，三百六十度转到了我的身侧。

胳膊骤疼，我的妈呀，指甲都掐进我的肉里了。

看来，死人对我们的杀伤力只增不减。

尸体的手腕扣着银色的手铐，连接的正是喻

露的手提箱。手提箱泡在水里没有下沉，反倒像救生衣一样遇水则“肿”，悬而不沉。

“我的箱子！”

情绪转换真快，喻露笑得满脸开花，声音中盈满失而复得的兴奋，恐惧被压缩到了一个极小值，我们七手八脚把手提箱打捞上来。只是和尸体连着，除非找到打开手铐的钥匙，否则不可分离。喻露二话不说，就对尸体动起手来，我挺佩服她的，虽然她胆子不大，但涉身关己的时候总是雷厉风行。

摸遍了死者的口袋，喻露的手已冻得通红。钥匙找到了，与钥匙同时找到的还有一枚徽章：一个骑自行车的男孩，头顶火彩虹，轮下有一圈英文衬托“Let it be forever”。

我试着翻译：“让它……成为……永恒。”

“永远存在，”喻露直截了当地给出答案，“这是峰会的标志。”

事情水落石出，到头来，邀请者就是袭击我们的策划者。

“不要脸。”我朝那尸体啐了一口，仿佛他是坐在太空针塔里指挥这次行动的浑蛋首脑。

喻露没像我这样小孩气，她解开手铐，把手提箱取下，打开看了看。里面笛卡儿能量芯完好无损。

“说不定铁甲衣也在附近。”

对，有这种可能。既然笛卡儿能量芯能失而复得，铁甲衣想必也行。只是……我想到了一个很严峻的问题，如果保管能量芯和铁甲衣的人都死了，那么雷米幸免于湖泊喷发灾难的可能性有多大呢？在森林里行进的时候，我亲眼所见那蘑菇气云的阵仗，小型核武器的爆炸也无出其右。这人八成是被气流震落湖中溺毙的。

喻露拎着手提箱，沿湖徐行。步伐放得很轻，不时还猫一下腰。我有样学样，心中却不是滋味，老实说，雷米生死未卜的确对我的情绪影响很大。

“看见没，铁甲衣。”喻露蹲下身，在她的脚前，是那个熟悉的硬塑方匣。真是喜鹊嘴，说好事就有好事。我打心眼儿里希望她之前说雷米无碍也能成真。夹克又湿又冷，我把它套在身上，就当受难是在为雷米祈福，腾出手来抱方匣。

一粒冰碴不知怎么飘进我的眼里，我用肩头揩着，螺旋桨的声音阔别重逢，嗡嗡然由远及近，布满天空的雪尘雾障陆陆续续地散开，从中透出悬在远处冰川头顶上的月。

“快趴下！”喻露一按我的肩头，我还在寻思是什么东西，身体重心立刻倾了下去。

一架军民两用的直升机自天空徐徐降落，旋

翼和尾桨掀起的风破除雾障的同时又铲起雪被，银蛇乱舞，直露出埋藏已深的草茎。我被舞得睁不开眼。舱门打开，从里面出来一位穿着打扮与湖里溺死者无异的家伙，他戴着夜视仪，目光像雷达搜索过来。

我当然不会蠢到与之激情对视，慌忙把脑袋埋进雪里，尽量让自己看起来像个死人。可是我忽略了一点，硬塑方匣宛如墓碑立在我的前面，增加了我暴露的危险。我听见他们中有人说“在那里”，踏雪的声音深浅不一地抵达耳窝。这样下去迟早会被发现，我倏然起身，捧着匣子就跑。喻露倒还机灵，没要我提醒，跟着也溜。

一路神推鬼拥的，我又进了那间帐篷。地上有枪。潜意识里大概就是奔着这个来的。我放下方匣，捡起步枪，反身把枪口对着护幕。可我对枪械一无所知，从未学过射击，仓促间扣了扳机，产生的后坐力直接让枪脱手,险些射中喻露,惊出一身冷汗。

枪声一响,追步声骤止。我隔幕喊话:“识相的,滚远点,大爷的枪子可不长眼睛。”期望着瞎咋呼能对外面的家伙起震慑作用,事实上,对方若真的冲进来,我也拿他们没辙。

砰!

帐布开了个洞,一缕射线擦着橄榄绿夹克,没入卡垫之中,溅起焦蓝的微尘。

他们竟然开枪了。

16

子弹呼啸肆虐，一眨眼，帐布全是弹孔，而我和喻露像在跳广场舞，左闪右躲，运气出奇的好，居然没有被射中。我没想到这些人都是杀人不眨眼的魔头，一跺脚抱起匣子和喻露跳进了洞里，然后继续朝另一个出口爬。也许是孤注一掷的天真，动作变得敏捷利落，我们很快到达地面，向北侧的密林疾奔。不幸，一条拉布拉多猎犬奔逐而来，并以快过我们一倍的速度绕前，拦住去路。

它没有“汪汪”地叫个不停，而是发出拉长低沉的“喔——喔——”我自认不是它的对手，慢慢往后退。每退一步，它就逼进一步。喻露在后面顶住了我，声音小得像蚊子叫：“我们无路可退。”我猛地止步，身子晃了两晃。确实，无路可退。回帐篷取枪已然来不及，但要和猎犬在雪地里干一仗，除非吃了熊心豹子胆。

裂帛之声不失时机地响起，一人持刀割破帐布，从里面出来。我心一惊，余光扫过去，大概在我八点钟的方向，他看到我们，把刀插入绑在大腿的刀套里，平端着带有瞄准器的步枪，冷眼旁观。我无暇顾及他的存在，紧盯着眼前这条恶犬，头也不回地问喻露：“那怎么办，束手就擒吗？”喻露什么也没说，指了指我捧的方匣。这当儿，一种“死马当活马医”的无奈拨动着我的心弦，容不得我思考，手像被下了巫蛊，熟稔地打开匣盖，取出铁甲衣，接着将匣子扔向了猎犬。匣子并未砸到猎犬，而是翻了个跟头停住。猎犬用鼻子嗅了嗅，感到没什么威胁，选择了无视，继续对我们恶眼相向。

我把铁甲衣交给喻露，开始扒去上衣，就像在陷坑时做的那样，经历了一次之后，第二次便轻车熟路了。我手忙脚乱地套上头盔，同时警惕猎犬的靠近。喻露帮我固定好背后的微型整流罩，锁紧卡口。这期间猎犬没有发动进攻，仅仅用讨厌的喔喔声宣示敌意，似乎在等着它的主人下令，然而它的主人又好像在等着我们做好准备，迟迟不动。

想必他们有极度的自信，认为我们这些泥鳅翻不出什么大浪。这无疑是一种羞辱。可我们也只能黯然承受。匆忙披挂整齐，接通线路，喻露将笛卡儿能量芯嵌入凹槽。

“启动吧。”我对喻露说。喻露点头开始操作。

此刻，猎犬仿佛听懂了人话，突然扑了过来。

“蹲下！”喻露轻轻一压我的肩膀。我照她说的做，猎犬猝然止步，向后回撤，但看我没有进一步的举动，又放心地迈动四肢。我急切地问她：“启动好了没有？”喻露做了个“OK”的手势。我没有感到身体发热，而是径直进入寒冷状态，也没有麻痹感，莫非自己已经适应了铁甲衣？

要说，还是人胆子变大了什么都敢做。一个大胆的妙计浮上心头。

我朝着持枪人飞奔过去，对方大声警告，语言我不懂，无非是再不停下就开枪云云。我不管，我无畏，我把腰、腿、足部肌肉的力量彻底释放出来，全速奔跑。身后猎犬如影随形，我觉得只要慢一丁点，它就能咬到我的裤腿。

在这个世界，跑得比我快的大概只有风吧。

对方眼见警告无效，把枪口瞄准了我。这时，我离他只有几步之遥了，再不扭转乾坤，中枪不过弹指一挥的事。

估计身后的猎犬也应该跃起了，我斜肩猫腰，以近乎鱼跃冲顶的姿势，向他撞去。

枪响。火星迸出。

成败在此一赌。

撞倒他之后，我扭头看了一眼猎犬，不出意外，中了枪，奄奄待毙。事情正往我设计的方向发展，我抱住他，扭打在一起，还想夺他的枪，但力气上显然落了下风，不得不耍赖似的动起了牙齿。即使如此，我也没占到任何便宜。一开始我压在他身上，不一会儿，他反身把我摁住，并用枪身卡我的脖子。我大声呼喊喻露的名字，希望她别在那傻杵着，过来帮我一把。很快，我连声音都发不出了，因为喉骨快要被轧碎了。而我拼尽全力，似乎也撂不动他分毫。我感觉我比拉布拉多猎犬的下场好不到哪里去。如果不是背后的“罗锅”让他无法保持下压的平衡，我早就跟这个世界说再见了。

有一瞬，我真想放弃了。

咚！钝物撞击的闷响，持枪者的动作忽然僵凝，像一帧照片定格。只维持了几秒，歪向一侧颓然摔倒，没有爬起来。我连续咳嗽了几声，缓解喉痛，然后支起身体捋了捋胸口，看到喻露手上捧着一个颇具分量的冰块，冰碴飞珠泻玉般四溅。

放弃的绝望已经消失，唯剩劫后余生的喘息在寂静的山峦游荡，刹那间傍月穿云，如沐慈悲。

喻露目瞪口呆地立着，好像不相信自己能够干出这么惊天动地的事来。我朝她竖了竖大拇指，算是代替了感谢。

“呀——”面露诧色的她像抛弃作案工具一样扔掉了冰块。

我咳嗽着从地上爬起来。

“你没事吧。”

“还好。”

我起身第一件事就是去检查那家伙活着还是死了。

一试，脉搏心跳都在，只是被砸晕了。我缴了他的枪，抽走他的刀，扯掉他的夜视仪和蓝牙耳机。顺便搜他的身，没有其他武器，只在内侧口袋里塞了一个微型电筒和折叠起来的纸张。我一只手拧亮电筒，一只手将纸张展开。纸张装订成两份，每份上面有文字和图表，像是试验报告一类的材料。但文字都是英文，很多专业术语我看不懂，表格中罗列着各种数据，有柱状图、饼状图以及示意图交叉说明，中间以小标题区分段落。第一个标题是“Experience Scheme”，最后有一个标题是“Conclusions”，下方有几个供勾选的项目，有些单词我认识，什么完美啦，满意啦，基本满意啦，不满意。第一份报告中的“完美”被勾选，但又被划掉，勾了“基本满意”，后面加注小括号，稍显潦草，括号内容仔细辨认应该是“self-evaluation: occurred twice，uncontrollable”。第二份报告还没有勾选。我自认英语水平很烂，不足以解读报告，把纸张和手电筒给了喻露，让她翻译。

喻露上上下下看了报告好几遍，再瞅我的时候，面如寒霜。我问她：“怎么啦？有什么问题？”

喻露的眼神无比严肃：“这两份都是试验报告，第一个是关于气象武器的。”

“气象武器？”我想到了阶梯气幕。

“你看，‘self-evaluation: occurred twice，uncontrollable’的意思是自我评估，发生两次，不可控，”喻露怕我不信，指着报告中的示意图，“就是在地下深层进行高能爆破，通过诱发某一地区的自然灾难来改变当地的气候。他们在这里模拟火山喷发的威力,指望在地球的另一端引起蝴蝶效应。”

蝴蝶效应?可能吗?有点像天方夜谭,不过如果增加爆破的威力,引发里氏9级以上的地震,引发蝴蝶效应的话,难保不会有一场飓风在美洲大陆旅行。微微错愕之后,我修正了自己那贫瘠的想象力:“我们所在的位置就是他们的小型试验场?”我还以为二氧化碳的喷发是大自然的恶行,原来是人造的孽。

“恐怕是的,”喻露不无担忧,“不法的境外组织居然能够如此丧心病狂,真叫人难以置信。”

我明白她所指的丧心病狂是何种程度。

“可能情况没那么糟。因为,如果是地心爆破,未必需要穿越国境线。地球是圆的,倘若在地心某处实施有针对性的爆破,达到诱发自然灾难的当量值,那么在扩散半径内的板块或地壳都会受到影响,虽然我们不知道他们怎么做到的。”

喻露若有所思,看着一排排帐篷,悲悯的语气:“也许,可怜了这些人……”

这些牧民的确可怜,但哀悼已无济于事。所幸被喻露砸晕的这家伙在实验报告上评估的是“基本理想:发生两次,不可控”。不然,可就不止湖边这么一小撮受害者了。

我问她:“第二个呢?”

喻露收回目光:“第二个就是雷米和我爸的发明,美其名曰,基因武器。”我有些发笑,这是我和雷米开玩笑时提到的,想不到在人家眼中早已严肃对待。

“他们想建立一支无畏的军队?”我只能做如此想象,毕竟暗物质伽马刀目前仅对 D4DR 有效。

“难说，”她的眸子围着铁甲衣打转，“只要对基因诊断的芯片稍作改进，必然可以发挥意想不到的功能。”

“有道理，我怎么没想到这一点。”我一拍脑袋，即使不能像 X 战警那样变异出超能力，改良人种却不无可能。试想，如果一个人可以像私人定制的跑车、手机那样，任意改变肤色、性格、身高、肌肉、记忆力乃至其他禀赋，自然规律将不再重要，人类也将彻底洗牌。

“这不是什么坏事，人类会变得优秀，人人都能通过改良后的天赋实现原先达不到的愿望。”我劈手夺过实验报告，激动地反复看。虽然看不懂，却看到了梦想的捷径——有那么一天，不必死命用功读书也能将考试轻松搞定。

喻露显然比我想得深远，我觉得她属鼠的，天生具备忧患意识。

“人总是向往美好的事物，就算是天生的坏种也希望自己高大全。不过，你想过吗？当所有人都趋同，与克隆又有什么区别。如果只有少数人享用这种技术，会不会出现社会阶层的分化，引发种族危机？如果进行普及性应用，人类还有选择自我的权利吗？或许，我们的后代都不得不被迫泯灭掉个性，世界只剩下一种色彩。”

我思索着她说的话，基因改良不可避免地会侵入性地改变人类的自然状态，再也没有什么天赋了，只有菜单式的定向改造，最后大家个个都是根红苗正、冰壶秋月。也许看似美好的背后隐藏巨大的灾祸，但现在，我只知道它的好。譬如，它给了我勇气。

我不想和喻露继续讨论基因改造孰优孰劣，若不是以毁灭为目的，都是可接受的。但对太阳谷峰会，从他们草菅人命的试验手法来看，绝对不是善茬。怪不得那人留时间让我使用暗物质伽马刀,原意是想在这里见识一下效果。我看着倒卧雪地的家伙,暗自冷笑,难为你们煞费苦心了,这回领教了吧。

我把实验报告折叠回原来的样子揣进裤兜里:“雷米可能还在直升机上,我们去救他。”枪托夹在腋窝,捡起雷米的那件限量版夹克,反套在前面,雄赳赳地往直升机的方向跋涉。

看上去很滑稽,但我舍不得扔,我要亲手交到雷米手上。

17

雪尘基本偃旗息鼓,雾障也像淘气够了已消失殆尽，协调的岑寂聚拢在曾激烈打斗过的地域,让我跨出去的每一步都显得惊心动魄。勇敢并不意味着莽撞,真正的勇者不仅要有狭路相逢的胆识,还要有与之匹配的智慧,好比塞万提斯说的,勇气介于胆怯和鲁莽之间。我唤过喻露,耳语了几句,让她暴露地朝着直升机前进,我自己则借助帐篷的掩护，绕行迂回到直升机的后面。该怎么解释在我这具皮囊里灌注勇气后的行为呢？我想，丘吉尔说得最好，“勇气是人类最重要的一种特质，倘若有了勇气，人类其他的特质自然也就具备了”。

风偶尔低掠而过，给雪地带来美丽的风纹。喻露走到离直升机大约十步的地方就被一声喝止，机上跳下来一个人，有枪，慢慢迫近她。情况如我所料，对方尽管在湖泊喷发中损失了不少人，但回来的直升机上绝不止一个武装分子。我不想杀人，事实上我对自己能不能痛下杀手心存疑虑。

我快速奔过去，趁他没来得及转身，举起枪托猛砸后颈。那人吭也没吭一声就倒了下去。我也不知道为什么我的力气骤然大了，只能引用奥维德的名言——勇敢征服一切：它甚至能给血肉之躯增添力量。刚把他打晕，一只脚就踏上了起落架。机上的驾驶员见我上了飞机，立刻发动引擎，旋翼刹那间转动如飞。我知道他要跑，猴一样蹿上去，枪口顶住他的后脑勺："老实点。"

他并不老实，继续上提操纵杆。我一看，这人高鼻深目，山羊胡，白人，估计语言不通，换上了国际通用的语言："Stop!（别动）"顶他脑门的恫吓力又加了一层。他这才老实。离开地面的直升机乖乖回落。我招呼喻露赶紧上来。她一上飞机，我就对驾驶员下命令："Go!（走）"

他要不听的话我也不会真打死他，但为了显示我的决心，我把缴获的刀扎进了直升机前排坐垫，并让喻露替我翻译："敢耍花招，我就切下你的脚指头。"我本来想说手指头的，但切了手指头谁来操控飞机是个问题，少两个脚指头对于驾驶直升机来说应该问题不大。

驾驶员没有顽抗。起落架与雪地再次分开，帐篷、云杉和飘荡着轻烟的湖水似乎在谴责我的背信弃义。喻露把舱门关紧。机舱内部很大,装七八个人不成问题。可惜偌大的空间找不到雷米。他不在飞机上,这令我既沮丧又失望。我不甘心地让喻露再检查一遍,但事实如此,我也无可奈何。

“问这家伙,他们把雷米带哪儿去了。”

喻露叽里咕噜与驾驶员交涉,我神情紧张地等她回音。

“他不肯说。”

我当即火了, 用枪把狠狠戳了一下他的脑袋:“告诉我雷米在哪里! ”我觉得我的情绪快失控了,他要是说雷米死了,保不齐我会扣动扳机。

喻露又用英语把我的话翻译了一遍。驾驶员就是个吃硬不吃顺的主儿,一下就乖了。喻露把他的话转述给我:“他说他们把雷米带到公路之后就由另一班人接走了,具体去了哪里他也不知道。”

“另一班人？”

“嗯，他们也是受人所雇。”

“问他雇主是谁？”

喻露继续对他进行讯问，然后她说：“他说他不知道，他们只是拿钱办事，雇主对他们并不直接发布指令，都由中间人传达。”我觉得再逼问下去也没什么效果，转而求助喻露：“你说咱们该怎么办？”

直升机越过一个山头，白皑皑的积雪反射月光，加大了能见度，蜿蜒的公路仿佛触手可及，凹进去的轮胎印拖曳着漫漫轨迹如纷纭的昔日记忆历历在目。遥遥望去，云絮飘浮中，巍峨的须弥山屹立在冷酷黑幕的深处不露声色，但它的轮廓仍给了我遐想。

茫茫山川夜幕，何处寻找我的堂哥雷米呢，

不禁有些犯愁。

“太空针塔……雷米极有可能被带到了太空针塔。”喻露推测。

我眼睛一亮，但很快暗如天幕，反驳道：“太空针塔即将举办太阳谷峰会，虽然那个峰会很私密，不过随随便便把人绑到那里，也太明目张胆了吧。”喻露微微一笑：“他们原先是要把我们灭口的，一旦遂了愿，谁会知道他们干的一切。”

“对呀。”这提醒了我，早该报警的。公路上逃得过于仓皇，竟至忘了，等到了山上，手机又没了信号。

“赶快报警。”

喻露摸遍全身，朝我摊了摊手。我也没有手机。逡巡了一下机舱，只有操作台上有类似无线电的通信工具。我指着它问喻露：“你会吗？”

喻露摇了摇头。看来只能问驾驶员了，但又

怕他耍花招。于是我让喻露只问无线通信系统的操作方法,并不告知驾驶员缘由。喻露相当聪明,学了一遍就发出了求救的信号。两人略为心安,身体像冷却的反应堆,渐渐地,凸显供能不足的一面。暗物质伽马刀只给了我勇气,却不能当饭吃,也不能当衣穿。饥寒交迫的窘境阴魂不散地绕身三匝,我有些承受不住了,问喻露:“找找看,有没有吃的?”

喻露找了半天,连一袋小浣熊干脆面都没找到,只在驾驶员的兜里翻出了嚼剩一半的巧克力。看样子对方没带干粮,只想着速战速决。

“我们在哪儿降落?”

我拍了拍肚皮,空瘪的余响几乎令我站立不稳。在救出雷米之前,得找个地儿把自己的肚子喂饱,可下面除了白茫茫的雪就是黑漆漆的岩石,看不到哪里有烟火气息。

“太空针塔。”喻露冷不丁地冒出一句。

我说：“你没发烧吧，那儿龙潭虎穴，咱们去不是自投罗网吗？”

“就是因为龙潭虎穴才要闯哩，你不想救出雷米吗？”

“想，当然想。”

“那就去。”

“可……”我打了个喷嚏，鼻涕不觉流了下来，有点恶寒。

“你怕了？”

“我……”

心掸不到底，确实有些投鼠忌器，但惧意没有遭遇追捕者时强烈，这无疑要归功于铁甲衣，我用手指轻叩头盔，“有什么好怕的，我有这个。”

喻露挑起半边眉毛：“哦，是吗？我怕告诉你真相，你会吓瘫。”

“什么真相？”

喻露伸入口袋，再伸出时，拳曲的手掌包着一个东西，然后在我的眼皮下慢慢展开。

是机芯！

“抱歉，我那时候忘记插入机芯了。”她一脸无辜，却又一脸狡黠。

我当她风趣，但看胸前凹槽所载的笛卡儿能量芯，机芯的位置空着！我立马石化了，屏息静气感应了一会儿，铁甲衣是冰凉的，电流的咯咯声也寻不到踪影。回忆打斗的场景，巨大的后怕凝结心头，我竟然在纯心理作用的情况下做出了与猎犬、坏蛋恶斗的壮举，而不是依赖暗物质伽马刀。我该钦佩自己吗，还是向歌德致敬——勇敢里面有天才、力量和魔法？

突然，直升机一阵颠簸。我以为驾驶员在玩什么阴谋诡计，却见舱门玻璃裂开，侧耳谛听，仿佛从地狱十八层吹上来一阵风。一个小圆孔清晰可见,这显然不是哪只迷途小鸟撞坏的。喻露指着侧前方,一架同样款式的直升机闪烁着警示灯出现在视野之内。

险情又生。

一些发光体曳着长长的尾线迅疾飞至,我也顾不上拿枪指驾驶员的头了, 拉着喻露快速卧倒。直升机失去平衡,开始倾斜,我们俩尖叫着滚向一侧。在滚动中,铁甲衣可能受到了损坏,夹克也脱离了我。舱身有几处已经被大口径的子弹洞穿,似乎引擎也未能幸免。我听到驾驶员在叽里呱啦地说着什么,很是气急败坏,但须臾便被密集的弹雨淹没。机身逆旋下落,如同漩涡里的一片柳叶,不受控制,这是要坠落了吗?

“你刚才干了些什么?”我质问喻露。

喻露很委屈:“我就是发求救信号……”

“你是不是发错对象了？”

“我……我也不知道。”

死亡的恐惧转眼袭来，我张皇失措地问喻露：“那怎么办，到底怎么办？”

这下连去太空针塔自投罗网的机会也没有了。我才不想这么窝囊地死去，至少，也让我和雷米见上一面，和父母做个话别。

她的眼底泄露出比我还大的恐慌，但只是一会儿，她就镇定下来，抓住我的手。

掌心生出残焰般微弱的温煦感。我看着她灵巧的嘴唇，一翕一动发出我深信不疑的声音。

“If I were a boy, I think I could understand...”

哼唱的旋律滋润心田，被冻僵的身心舒展开来，像逆境时的光芒，照得眼睛莹莹闪光。

锥子脸的瘀斑消失了，肿块也不见了，喻露变回那个青春动人的模样，而她塞给我的机芯像是一种精神抚慰剂，弱化着我的悸懦，把我的心跳拉回正常的节律。

懦夫使自己懦弱，英雄把自己变成英雄。

朝阳在云雾里发酵，强烈的失重令雷米的夹克跌到了半空中，醒目的“REMY”提醒着我——“你会与众不同。”

我不会像老王，踌躇满志却沦为笑柄。我会与众不同，但再怎么不同也只是我中意的不同。

等着我，雷米。

18

雪花在我的视野里片片飞舞，它让我想起雪人，挂满彩灯、银丝和礼物袋的枞树。爸爸妈妈的笑脸贴紧我的脸颊，高喊着“Merry Christmas（圣诞快乐）”，被氛围融化。真想就此长眠不醒，活在温馨的梦里。

但是不能。

风往北吹，像一头冻得硬邦邦的金毛，钻进我的怀。跳伞所需的高度最少是70米，换算成楼房，需要25层楼那么高，在穿铁甲衣之前，这种事情想都不用想，我一定说不，但铁甲衣激发了我的勇敢者基因，即使没有笛卡儿能量芯，我也能维持那种勇气。

跳下去。

尖啸的人肉炸弹，哇哦。

厚厚的雪被救了我，有一些因为我的势能被砸上了天。窒息感随之而来，我努力抻着脖子，但雪还是轻易地淹没我的头顶。

然后我听到了空中划过的二次呼啸声。

喻露。

她应该落在离我不远的地方，我奋力划着，铁甲衣太沉，划了几下就没劲了，不全是铁甲衣的问题，肚子饿也是一方面。我只能用声音当坐标："喻露，喻露！"巴望着她能听见。

"文科，雷文科。"

显然她听到了我的呼喊，说明她没事。太好

了。声道并轨，我们朝着一个方向努力。

雪在脸上烧，在鼻端，在眼眶，在耳朵，如果这时候有人把我拔出来，一定是棵胡萝卜。

“可找到你了。”

我激动地握住她的一只手，雪冷血热。面对面一碰，冬瓜脸，高原红，辫网，玛瑙饰带，羊皮袍，这哪是喻露，分明是放牧的小姑娘。也不算太小，与我年纪相仿。

她把我拉出了雪堆。我瞧着她新鲜，她大概看我滑稽吧，背着个龟壳，沉得要死。我的视线在她身上逡巡，最后落到她手里的糌粑上，挪动不了分毫。

好久没吃东西了。

她看出了我的饥饿，把糌粑托在掌上递过来。

我一把抓过，狼吞虎咽，吃相十分难看。但不得不承认，真香。

“你叫什么名字？”

小姑娘咕哝了一句，我没听懂。没听懂就对了，能听懂才奇怪。冷风吹得我瑟瑟发抖，让我的思绪清晰起来。

你见到一个女生没有？

我比画着手势，希望她能看懂。好在肢体语言是相通的，她拼命点头。

带我去找她。

我继续比画。她又点点头。我乐坏了，真是瞌睡就有人送枕头哇，还等什么呢。我跟着她深一脚浅一脚地在雪地里跋涉。我好想把笨重的铁甲衣脱掉，但发现头盔自带蓝牙系统，可以播放音乐，我就改变了主意。

音乐能给人带来精神上的鼓舞。天寒地冻的，我特别需要这种鼓舞。

“If I were a boy,I think I could understand,How it feels to love a girl.I swear I´d be a better...”

等会儿,这歌喉咋这么熟悉。

喻露的!

可是喻露身上并没有手机啊,她是怎样跟头盔上的蓝牙系统连起来的? 怀揣着这个疑问,我加快了步伐。

小姑娘头上的玛瑙饰带一颠一颠地跳着,背影显得那么轻巧。反观自己,呼吸越来越吃力,高原反应加负重折磨得我喘不过气来。

“慢点……”

可小姑娘却没有半点慢下来的意思,越走越快,快成了一抹剪影,一个黑点。视野的焦距显然不够用了,我疑心自己是不是得了雪盲症,揉了揉眼睛,雪景依旧。

雪地上有一行脚印,可以确定是小姑娘留下

的。我顺着脚印往前走，山路迤逦，雪被过膝，每行一步都像在阔别亲人，远离故土。

我感觉冷。

如果我能像钢铁侠那样会飞该多好，至少找到喻露或者雷米就不用这么辛苦。另外，对付那些坏人也能手到擒来。

天空中突然掠过引擎的轰鸣，旋翼刮起地面的雪尘。我心里一紧，坏人追来了？那些浑蛋比杜宾犬还要难缠。

我赶紧伏下身子。可是铁甲衣实在太过显眼，呼啸的子弹从我的眼帘划过，嗖嗖嗖，弹头在铁甲衣上留下无数凹痕，我觉得我再趴下去，迟早会变成筛子。

我爬起来就跑，铁甲衣当避弹衣使，只是没跑几步就会摔倒，然后接着跑。直升机比我灵活多了。我只能走S形路线来逃避上方的弹雨，同时寻找掩体。

谢天谢地，我见到了气幕。来得十分突然，也正是时候。

强大的气流形成缎子般的截面，对飞行器有着天然的拦截作用。那玩意儿像黑洞，任何东西只要接近，就会被吸入无底深渊。我毫不犹豫地一头扎了进去，立刻感到身体像纸飞机一样转得飞起。我挣扎着，但徒手抓到的只是风和雪。离心力迫使我像滚筒洗衣机里的衣物，被甩来甩去。

救命，Help……我用我掌握的两种语言呼喊着，如果我懂其他语言，此刻也会广撒网一样喊破喉咙。只要有人听得见，听得懂，我不介意丢脸。

请求帮助并不意味着怯懦。相反，它更需要勇气。

19

直升机没有硬闯气幕，理智让那些坏蛋返航——绕过气幕是不现实的，而等气幕移走，起码要一个小时以后，那时候的我，要么远走高飞，要么……葬身雪原。

悲怆的绝望顿时袭来。气流反复将我摔打，忽然我的耳朵捕捉到了只言片语——抓……住……

隐隐约约，断断续续。

谁？谁在跟我说话？高原上的神祇，还是气流捎来的远方呼唤？

都不是。我看不到脸，也看不到手，风雪迷了我的眼睛，但我的脚踝清晰地感知到被什么东西缠住了，然后一点一点地拽向地面。

拽住我的是个人。

喻露！太棒了！情绪的大落大起，让我找到了喘息的空间。她的身上拴着一条绳子，比安全绳还要粗的绳子，固定在一根接一根的木桩上。木桩与木桩之间相距三到五米，和气流的方向正好垂直。

她的手在我的铁甲衣上摸着，我明白她想做什么。但我此时并不缺乏勇气。

"别……磨……蹭……了……"我想说你快把我弄下去，冷得受不了啦。可是她不管，执意找到了铁甲衣胸前的凹槽，把笛卡儿能量芯插了进去。

怪事发生了。

我的四肢百骸像注入了营养液，有一种奇怪的反应，好像自己是部机器，瞬间充满了电量，虽然没有夸张到力大无穷，但我居然捋着绳子回到了久违的地面，顺便把为了救我裹挟进气流的喻露也拽了下来。

这是怎么回事？

喻露紧贴我的后背，俯耳说："我调校了机芯的参数，促成了你 ACTN3 运动基因的 R 型变异。"后来，我才知道，ACTN3 运动基因的 R 型变异会让人生产出一种存在于快肌纤维中的蛋白质，增强人体的爆发力。在短跑运动员的体内，这种基因携带比例达到 92%。

气幕带大概有一千米宽。我依靠爆发力顶风冒雪，攀着绳子向前跋涉。

"来个 LRP5 基因突变如何？"我问喻露。

喻露颇为吃惊地看我，我乐意别人这样看

我，只有在这样的眼神中我才不会被当作小孩子。课外读物上说，突变的 LRP5 基因，会让人的骨骼密度变高，能承受一个壮汉用棒球棍猛砸。提高骨骼密度，可以让我的质量变大，抵御气幕的推力。

“可以试试，不过 LRP5 的表达没有 ACTN3 快。”

“那 MSTN（肌肉生长抑制素）呢？”

我天真地以为肌肉过度生长，会变成大力士，事实上，肌肉生长抑制素失灵，我只会变成健美先生。

“比 LRP5 见效还要慢。”

“没劲。”

…………

快要走出气幕的时候，我看到了幕外的黑点。

“凤凰，凤凰……”喻露对黑点挥手。

是那个放牧的小姑娘吗？看样子是的。

“她叫凤凰？”

“我觉得她叫凤凰好听。”

“所以你就叫她凤凰。”

“不行吗？”

“行。”

你说行就行。我学着喻露一起挥手。

凤凰在气幕外回应我们。

“没有她，我很可能就丧生在风雪里了。”喻露说。

我没有细究为什么。因为我眼睛的焦距已经拉长，掷向很远很远的地方——太空针塔颀长的身影在雪影中若隐若现，太阳谷峰会、雷米、暗物质伽马刀、笛卡儿能量芯……我不禁问自己，真相是什么，事实又是什么？不管怎么样，我都要找到雷米，至于那帮坏蛋，我只想说一句，苹果没塞到猪嘴里，这事，没完！

雪崩似的巨响，有东西沿着冰川滑落，像从广袤无垠的天空喷涌而出，气幕顿时变浓。日星隐曜，山岳潜形。我颓唐地向前走，肾上腺素已经耗尽，坚持，此刻唯有坚持，才能以今日之我打败昨日之我。

20

坐标须弥山。

热气腾腾的奶茶，奶香四溢的酪糕，鲜嫩多汁的烤全羊……盘中的食物垒成小丘的形状。梳着辫子身穿牧民衣服的女孩，微笑着将盘子送到我的面前，问我想吃哪一样。

不管哪一样，都香，香极了。

我看着奶茶、酪糕、烤全羊，脸上浮起两朵绯云，一口唾沫咽下。

我想好了，全都要。

你真的全都要吗?

声音从另一个方向响起,是喻露。她的身影在风雪中变得朦胧。

全都要。我很肯定。

朦胧中有一样东西穿风过雪清晰地抵达我的瞳孔,一杆安了瞄准镜的步枪。枪口对着我,明亮的火焰在枪管里闪动。

我感受到了痛,心脏部位出现了一个洞。

风呜呜地穿过那个洞,一瞬间,我觉得心好空。

你说的,你全都要。

不,我不要……

一睁眼,梦境的内容即逝,我摸了摸心脏,那里跳动有力。气幕带已走得很远了,照顾我的是凤凰,她的手上没有奶茶,没有酪糕,也没有烤全羊,但刚才的梦境仍在脑海盘旋,我意识到有比吃更重要的事等着我去关心。

“喻露呢？那个锥子脸的大姐姐。”我用手势比画出我想问的人。凤凰指了指气幕带，我的心像触礁的船，猛地沉了下去。我没把她带出来吗？我好自责。

可自责解决不了问题，雷米还等着我去解救。我没有时间内疚，只能继续未尽的旅程。但我刚起身，便被眼前的景象震撼得说不出话来。

风雪肆虐过后的大地，竟成天空之镜。蓝天白云如镜中之物在我脚下匍匐，雪山投影在地上，顿失巍峨。我用手摸了摸，那是雪将融未融之际在风的作用下冷凝成冰晶的极致触感。

冰晶连缀成面，于是造就天空之镜。美则美矣，却有点华而不实。

凤凰对这样的景致似乎司空见惯，不像我大惊小怪，反倒对我身上的铁甲衣颇感兴趣，不时用手指戳戳，黑如漆的眼睛充满了好奇。我不想她碰铁甲衣，吓唬她说：“别乱戳哦，会触电的。”凤凰只是傻笑，她似乎领会错了我的意思，戳向铁甲衣唯一发光的位置。

笛卡儿能量芯。

“喂喂，这个可不能乱动。”我一阵嚷嚷，吓得她表情瞬时僵住，马上缩回了手，怯怯地看着我，表露出某种敌意。

我绷住的心又软了下来，不知该怎么道歉来缓和这种敌意。

凤凰突然转身就跑。

我自觉没那么可怖，凤凰是不是反应过激？

事实证明她没有反应过激，摩托雪橇的马达声在冰原上响起。听着就是大排量，分分钟杀进我的视野半径。两人合乘一橇，蒙着头套，护目镜，滑雪服，前面的开车，后面的拎着枪，一看就来者不善。

我明白凤凰为什么跑了。

因为我也想跑。根据胆小鬼游戏的理论，狭路相逢，跑路的代价小一些。

然而当我一挪步，脚下就不住地打滑。摩擦力太小了，连续滑倒，爬起来又跌倒。凤凰怎么那么靠谱，彩色的小点追着夕阳西下，不带一点打滑。

我呆呆地看着冰雪天地，双肩弱弱地垂下。

她是跪着用手划行的，对她的做法我是五体投地，而不断逼近的摩托雪橇让我也真的五体投地——铁甲衣作舟，双手为桨。可是雪橇来势迅猛，不出意外，我会被追上，被剥掉铁甲衣，夺走笛卡儿能量芯。幸运点是沦为阶下囚，就怕二话不说一枪打死我。

我打开机芯保险，拔出笛卡儿能量芯，在摩

托雪橇截住我之前用力地扔了出去。我不确定这两个家伙和之前追猎我们的是不是一伙人，但我能确定，他们的目标是铁甲衣和能量芯。因为他们看到我扔出了能量芯，立刻兵分两路。雪橇上跳下一人直奔能量芯，另一人则驾橇将我截停。

我的体型会让他放下一些戒备。从外观上看，我还是个弱不禁风的小屁孩。根本不需要用枪，拧断我的脖子像拧麻花一样容易。我就是要他形成这种刻板印象。喻露已经改变了我的ACTN3运动基因，我和成人究竟有没有差距，一个拳头就能证明。我的眼球不停地转动，想着要不要对着他的脸来上一拳，但对方掏出了枪。子弹从头上飞过，枪管震出的膛灰撒到了我的脸上，那一刻，我感觉自己好像被击中了。

对方枭笑出声。他在雪橇上伏鞍侧倾，伸手解我的铁甲衣。我装作放弃抵抗的样子，但在他放松戒备的一瞬捏住他握枪的手——LRP5 基因的突变表达尚需时日，只有靠 ACTN3 一击制胜——一拳揍得他由俯至仰，我也不恋战，猴一般蹿上了摩托雪橇，腿铆足了劲，把他蹬下去，然后一拧油门，呼地走起。

捡笛卡儿能量芯的那位还想冲过来，直接被我撞翻。我轻点刹车，马上取箭一般夺回他手里的能量芯，扬长而去。

21

"凤凰！凤凰！"我追上了彩色的点，把手伸给她，"上来。"口气尽量温柔些。

凤凰停止了滑跪，扬起脸庞看着我，最终猎奇战胜了忌惮。她抓住我的手，骨骼像鸟类一样轻盈。我一拉，她就飘到我的身后。

"抱紧了。"

天空之镜的尽头，太空针塔，是我前进的方向。有时候我真觉得我的灵魂安放错了躯壳。此刻，换一种思路，如果把兰博的灵魂安放我的躯壳里也不违和。基因武器给我插上了飞翔的翅膀，或许我本身就有翅膀，只是我一直没有发觉。

趁着气幕不来捣乱，摩托雪橇以疯狂的速度开进，太空针塔在视野范围内愈来愈大。1000米……900米……800米……700米……针塔在向我招手，我什么都不再畏惧，只想一口气闯进去，救出雷米。这时，一架直升机从天空之镜的地平线升起，占据了我的全部视野。它半悬在天空，旋翼狂风下的冰原无动于衷。

流弹呼啸着从我头顶掠过。

天空之镜碎了，好像又脆又薄的蓝天被沉沉的未来打破。

“低头。”我嘱托凤凰，在疾驰中变向，躲避来袭的子弹。车身近乎失控，我只能拼命地降低重心来维持蛇行路线的平衡。

直升机射来的子弹如天降冰雹，好几次击中

了铁甲衣,甚至有一颗蹦起的弹头擦伤了我的脸颊。我看到前方一块高高凸起的冻土,孤注一掷地把油门拧到最大。摩托雪橇斜角向上蹚过凸起,在最后一刻飞跃起来。

呜——

那是引擎压榨至极限的咆哮,那是我内心宣泄的怒吼,跃起的雪橇径直地撞向悬梯。眨眼间若要问我怕不怕,我的回答是肯定的,就像幼儿园上学的第一天,我看到很多陌生又奇怪的面孔,吓得哇哇大哭,过了几天,便为自己前几天的胆小感到好笑。而现在,只是将胆小到好笑的过程缩短在瞬息之间。

勇敢的价值在于突破和冒险,去他的胆小鬼游戏,怒吼吧,冲锋吧,奋击吧。

带着刺出朗基努斯之枪的优雅,我冲破火力的阻挠,跃升至弧线的最高点。直升机上的人没料到我会以这种方式与他们狭路相逢，摩托雪橇的影子出现在直升机驾驶员涣散的瞳孔中，一消一长，一损一益，决定了胜利的天平将向哪一方倾斜。

雪橇没有撞上直升机，让那些家伙虚惊一场，但我的目的达到了，突破了火力网，只是在落地时，我和凤凰被震离了座位，30 米……15 米……10 米……我死死地抓住车把，凤凰也死死地抱住我的腰，我们像飘扬的风马旗，一上一下，一下一上，终于我们承受不住颠簸，摔在了冰原上，糖葫芦般地滚了出去。

追兵离我很近，但太空针塔离我更近。天空之灯，旋转餐厅，观景台，升降电梯。

电梯门就是它的正门。

我离那扇门只有 5 米。

“凤凰。帮帮我。”

小腿好像断了，使不上劲。左臂也麻了，冻的还是摔的，分不清。

凤凰倒在离我不远的地方，她一动不动，显然帮不了我。我只能靠自己，便是爬，也要爬过去。爬的这5米，简直是我这辈子走过的最遥远的距离。

在我为这个触摸到电梯门兴奋不已的时候，指尖骤然僵硬了，血压直奔200而去。

我摸到的并非实体，而是虚空。

海市蜃楼！

22

海市蜃楼在旅者的逼近下驱魅，消散于虚空。

彻骨的寒冷与我融为一体。努力到最后，心心念念的太空针塔竟是海市蜃楼。是啊，太空针塔在西雅图，又怎么会在雪域高原？阴险的峰会，这是来回拉抽屉耍我呢。不过不忿归不忿，雷米被掳去，喻露生死未卜，说一千道一万，我该怎么办？无助感袭上心头，本指望着找到太空针塔，找到太阳谷峰会组织方，救回雷米，可到头来，全都打了水漂。

远处一声爆裂的枪响,我的身子颤了一下。

子弹打在我的脚边,溅起一蓬冰碴。

直升机驶近,旋翼产生的噪声仿若巨大的笑声,嘲讽我的失策。

锦鲤体质碰上水逆时刻,就看命硬不硬了。

舱门开启,一段悬梯抛下。梯上勾着一人,装束和装备与之前遭遇的武装分子一模一样。我怒睁双目,想看清那家伙是何嘴脸。可是老天偏偏跟我作对,没来由地起了一层薄雾。直升机的旋翼企图驱散薄雾,却只是让薄雾变浓。天与地黏在了一起, 所有可视为参照物的东西都隐身而去。冰晶的流纹勾勒出风暴的外貌,弥天漫地的气幕卷土重来。

直升机被气幕一溜烟从我眼前刮走,我自己也像一片落叶被疾风卷到空中, 然后再扑到地上。悲哀与即将进入另一个世界的孤独起起伏伏，风雪顷刻间塞满了我的嘴。大骇之时，头盔的蓝牙系统收到外来信号，虽然不太稳定，但多少能听个大概。

“……文科，在听吗……那不是地图上标示的太空针塔，它隐藏在暗处……”

暗处？

“……阶梯气幕……不仅仅是气象武器，调节气候，还是地表手术刀……”

手术？

“……就像暗物质伽马刀对人体基因动手脚一样，阶梯气幕也对地球的皮肤动了手脚……”

地球的皮肤，是指我脚下的大地吗？这个比喻神了。我很轻易地就想到黑格尔的名言——一个人走不出他的时代，犹如走不出他的皮肤。

我双手扒住了一棵巨柏，一边对抗着风，一边等着下文。

“……气幕修改了地球皮肤的纹理，河流、雪山、沟壑、草地，以及像毛发一样附着在上面的地标……太空针塔是配套阶梯气幕研发的移动建筑，随风而起，逐河而居……气幕带是它的掩体，也是它的搬运工……”

我不由自主地浮想联翩，气幕是冰河，而太空针塔是上面的浮冰，河往哪里流，它就往哪里去，河水的流向决定了它的去向。如果说基因在重塑我们的身体，那么气幕就是在重塑地域。未来，气幕会向三级阶梯延伸，人和动物不再是迁徙的主力，摩天大楼、低矮民居成群结队地随气幕带迁徙，翻越崇山峻岭，蹚过冰河沙漠，在地球皮肤的褶皱上漂流，多么有趣。

可有趣归有趣，我抓的那根枝丫快断了。

“……顺着气幕带迁徙的方向就能找到太空针塔……文科……我在……”

此时，通信出现了要命的信号延迟。任何通信都存在延迟的，只是时间长短不一。从只言片语中，我辨别出信息。

喻露，她还活着。

“……别碰我……坏蛋……”那边的话音骤然急促起来。

“喻露，你怎么了？”我情不自禁地问道。尽管她不会接收到我的任何信息。我想，她是被抓住了。在太空针塔。至于她是怎么发现气幕玄机的，我不知道。我只知道，我有义务救喻露于水火。

倏地，面前呼啸而过一张脸。凤凰的冬瓜脸，像雪片一样从我眼前飞过。我想抓住，却只抓到了一团寒冽的空气。看着枝丫一点一点地被风扯离树干，喻露的那句“顺着气幕带迁徙的方向”在耳中复鸣，忽然，我对未尽的旅程又一次充满了期待。

创作谈

不是后记

/ 沈屠苏

纵览当下和未来，进化和退化并蒂相连，人类的智慧不断进化，身体的机能却在向后倒退。有人声称，这是上帝法则。我觉得这个所谓的“上帝”应该是科技之名——科技推动了人类的进步，解放了人类的手脚，让人类有闲暇可以像上帝一样思考。但人类也因此对科技产生了依赖，身体和思维方式乃至性情亦随之改变。小说正是基于这一脉络，在近未来的背景下，以少年成长为视角，通过一段“人在囧途”的冒险历程，讲述人是如何受科技产品和外在环境的影响，经历从怯懦到勇敢的转变。

这里的“囧”字只当俗字解。为了使故事更具张力，我将“囧途”的自然地理特征设定为高原的地势、雪山的地貌，并伴随有神秘组织的追击，如此，恶劣的自然环境和人为制造的险境一方面有利于“勇气”这一主题的升华，另一方面也为暗线的铺排埋下了伏笔——冒险天团（雷米、喻露、雷文科）从对立、隔膜，到互助、牵挂。在这种心境与关系的转变中，有两种武器功不可没：一种是基因武器，也就是小说里提到的“暗物质伽马刀”，编辑基因的片断，改变人类基因的表达；另一种是气象武器，简而言之就是“阶梯气幕”，改变地球“基因”的表达，两者就像内因与外因，辩证地影响地缘和人缘，影响着小说中人物的成长。

文以载道，谈到这里，想不载道也不行了。原本创作时并不想这么深刻，只想好好讲故事，讲一个发生在近未来的关于青少年组团猎奇、历险和治愈的故事，如读罢能令人掩卷而思固然可嘉，如不能，娱君之目也足慰平生。

下面，我就讲讲小说所载的“道”。

明面上看，《高原上的奥德赛》表达是“朝圣”路上科技对人性的影响，实则想力透纸背传递给读者的是，皈依途中人性对科技的反哺——对新生事物的好奇，对改造自身的渴慕，对未知危险的恐惧，以及恐惧过后的敬畏……证明普通人的引领力量，坚定内心的强大。不可否认，个体生命的成长、蜕变羼杂在科技演进的历程中，是随波逐流的，但当形成群体惯性之后，这种随波逐流会像无数条支流，汇聚成浩荡的历史潮流，被科技推动的同时也在左右着科技演进的方向。

科幻是未来的历史，科幻作者的每一笔都是

未来的"史记",都是在推演和塑造未来某个时期可能会有的情形,试想,如果科技有人性,也许会了然,任何伟大的发现或是发明只是表象,永恒不变的是潮流中不同力量的拉扯,就像拉开近代欧洲历史序幕的文艺复兴,难道仅仅是科学与艺术的革命吗?那是资产阶级和封建阶级的人格碰撞,是狂风骤雨的更替和变迁,换算到个体,是生理上和心理上的渴求,是文化和精神归属主导下的人性嬗变。

简单的事情不用复杂的描述。创作谈本质上是对自己作品的自评,这有点像自己给自己画像,画的还是裸体,露多少,看真实与虚构的比例。真实的部分是我没去过雪域高原,我用想象力和一些影像资料弥补了见识的不足,尽可能地营造出旅途的真实感,贴近大家心目中的雪域高原。而对于"奥德赛"——"漫长而充满危险的历程”,就只能依赖想象力了,毕竟作者本人是没有这方面的经历的(笑)。不过,贴上“奥德赛”的标签绝非我一时心血来潮,只因“漫长而充满危险的历程”相当契合小说的主旨。

文末,我要感谢《科幻立方》杂志和百花文学奖·科幻文学奖,还有约稿审稿的编辑老师,是他们的努力,让这篇小说得以面世,呈现在读者眼前。虽然这篇小说有着显而易见的毛病——多数时候是情节在推动人物的成长,而非科技与人性的“互文”,有的地方执着于悬疑气氛的烘托不免陷于故弄玄虚的窠臼,科幻点子不够新潮等等,但它跟众多科幻文学作品一样,是未来的“史记”,可能在未来的某个时期真实地发生,也可能永远是虚构的文字,一个人的呓语。

评论

守护心中的正义

/ 罗隆翔

突然接到沈屠苏的《高原上的奥德赛》，颇感意外，掐指一算，才想起当初戈壁滩上的长夜畅聊，已经是多年前的事。多年不见，又读到沈屠苏的小说，当年面对面时谈笑风生的情景，依旧清晰。

初读《高原上的奥德赛》，开卷而来的画面，仍然是沈屠苏风格的黑白分明，黑色的是高原的莽莽群山，白色的是群山上恒久不化的冰川。字里行间，高原上的凛冽寒风，似乎卷着鹅毛大雪，透过纸张扑面而来。

故事开篇，寥寥百余字，暗物质、太阳谷、天空之镜，点明了即将召开的科学家大会；区区几句对话，蓝天白云，和风马、寺庙，就勾勒出了一幅雪域高原的圣洁美景，为后文的剧情发展埋下铺垫；寥寥几段文字的勾勒，故事主角“我”和堂哥“雷米”的形象就跃然纸上。故事以第一人称讲述，以堂哥雷米不走寻常路的人生选择为切入点，把读者身临其境地带进了充满悬念的雪域高原冒险之旅。

作为一部科幻小说，如何处理“科幻”和“小说”的布局，是非常考验一名科幻作家笔下功力的事情。科幻小说比别的小说类型多了“科幻”两个字，作者需要经常性的在编织小说故事的同时，跳脱文章的感性，切换到科学的理性，去构建一个基于理工知识的背景和世界观。

在文中,沈屠苏为我们描述了一个近未来的雪域高原,如梦似霭的高科技壮丽景观阳光下的雪山很漂亮;一级阶梯和二级阶梯之间的气幕,能够阻止中部地区排放的污染云团向高海拔地区流动;螺旋扭曲的白色气流形成的巨大屏障,来回滚动,像一座移动长城,蔚为壮观。

现实和科幻在流畅的文字下交织,带来亦真亦幻的美景。但也正如人们说的“文似看山不喜平”,在这段旅途中,突如其来的旅客受伤事件、当地村民神秘的死亡现象,让原本轻松的旅行急转直下,气氛变得紧张,迷雾重重。当神秘的敌人出现时,主角一行发现身边可以倚仗的武器,仅仅有一把原本应该在科学家大会上展示的暗物质伽马刀……

随着故事层层推进,暗物质伽马刀的神秘作用,也慢慢揭开面纱。故事中的“我”发现自己陷入了一个巨大的阴谋中。主角一行为了守护这把暗物质伽马刀，在白雪皑皑的高原雪山之中，在饥寒交迫的困境里，从最初的懦弱，慢慢转变为最后的坚强，和试图争夺它的邪恶势力斗智斗勇，巧妙地利用手边的实验装置，布下匪夷所思的陷阱，试图击败敌人。

阅读这篇文章，就好像在青藏高原向着喜马拉雅山的方向探索。开局就已经隐约暗示世界屋脊的高处不胜寒，作为读者，随着沈屠苏的笔触，漫步在冰冷圣洁的高原之巅，原本就已经是一种享受。跟着故事走，走着走着，前面是一座参天接云的高山，于是攀爬上去，剧情随着巍峨的山峦跌宕起伏。已经是高潮迭起，没想到抵达山巅，山的那一面还有更高的山峦，于是再次攀爬。一路艰险，爬到最高的雪山巅峰时，放眼望去，看见的却是更加空旷的天空之镜，藐视无数高山，横亘于天地之间。当主角一行经历千辛万苦，来到天空之境面前时，它却碎裂成无数镜片，每一枚破碎的镜片中，都倒映着更高不可及的地方——那座穿透苍穹的太空针塔……

该篇小说的恢宏，在于情节中递进，如雪莲花开，层层绽放，每一层都带来更上一个台阶的冲击力。当巨大的太空针塔，掀起的狂风流云改变着地球的地貌时，一个更大的疑团出现在文字背后的思考中：人类为什么要建造这样的东西？是为了造福苍生，还是要毁灭世界？

故事背后的道理，就像故事中的暗物质伽马刀一样，科技本身没有对错，善与恶只在于是什么样的人使用这样的技术。

短短的四万字，作者沈屠苏讲述了一个精彩的故事，却没有告诉我们结局。太空针塔重塑着天地间的一切，形成无数条通向未来的道路。这个故事的魅力，在于没人知道最后的结局是什么，就连作者自己也不知道。

有些故事，没有结局就是最好的结局，一百个读者就有一百个哈姆雷特，小说留给了大家无尽的思考空间，在这无数条道路尽头，故事中的“我”抵达终点时，会看到怎样的世界？答案就在每个读者心中，并且将各不相同。

手账

来源于日本，标准写法为『手帐』（手帐　てちょう），指用于记事的书页